闲读
徐志摩

诗路花雨

徐志摩／品诗

徐志摩／著

天津出版传媒集团

天津人民出版社

图书在版编目（ＣＩＰ）数据

诗路花雨：徐志摩品诗 / 徐志摩著. — 天津：天
津人民出版社, 2013.4
（再读徐志摩）
ISBN 978-7-201-08028-4

Ⅰ. ①诗… Ⅱ. ①徐… Ⅲ. ①诗歌欣赏–中国
Ⅳ.①I207.22

中国版本图书馆 CIP 数据核字(2013)第 050821 号

天津人民出版社出版
出版人：黄　沛
（天津市西康路 35 号　邮政编码：300051）
邮购部电话：（022）23332469
网址：http://www.tjrmcbs.com.cn
电子信箱：tjrmcbs@126.com
高教社(天津)印务有限公司印刷　　新华书店经销

2013 年 4 月第 1 版　2013 年 4 月第 1 次印刷
700×960 毫米　16 开本　10.25 印张　2 插页
字数：210 千字
定　价：29.00 元

诗界的探索

(代 序)

徐志摩是诗人。他对于新诗内涵的思考,在新诗创作上的实践,都成为那个时期最有成就的人之一。

他反对为写诗而写诗,为发表而写诗,认为诗意是一种自然状态的呈现,是人内心激情涌动下的情感表达。他说,"诗是写人们的情绪的感受或发生",视觉、听觉所获得的客观事物的印象,可以打动着我们的心灵,还可以激发我们内心深处的想象力,"把深刻的感动让他在潜识内融化,等他自己结晶,一首诗这才能够算成功"。

他还认为,写诗,"还要有艺术的自觉心"。它表达的是受感动之中的你的心,而"别人看了也要有同情的感动",而打动人,除了真情实感,还有就是带给人美感的富于艺术欣赏性的诗意,它应当像音乐,像图画。

如果忽略上述二者,则所谓的新诗就难免被人讥讽为:"散文分行写就是一首白话诗,白话诗要改成连贯的写就是一篇白话文。"

然而,对于徐志摩在诗歌创作上的努力,并不是所有人都赞赏。

徐志摩感到了自己在诗歌探索之路上的落寞:"我的出发是单独的,我的旅程是寂寞的,我的前途是蒙昧的。"

即使同样是诗人,彼此间也可能产生意见纠葛。闻一多是《中国新

1

文学大系·诗歌卷》中被选诗最多的诗人,他就嫌徐志摩的诗像散文而不像诗,徐志摩也对闻一多的诗有看法:"一多怎么把新诗弄得比旧诗还要规则?"更有一些人直呼不喜欢徐志摩的诗。朱湘就称"徐志摩是一个假诗人,不过是凭借学阀的积势以及读众的浅陋在那里招摇"。鲁迅也说:"我其实是不喜欢新诗的。……我更不喜欢徐志摩那样的诗。"北大教授杨丙辰对徐志摩的诗歌创作也颇有微辞:"徐志摩是仅有大诗人的浮光,而无大诗人的实质的。"

朱、鲁主要是因为看不惯徐志摩"呼朋引类"的性情而连带对他的新诗也加以贬斥;杨虽从诗的形式、音韵方面指出了徐诗的某些不足,而他也特别强调"徐志摩一生'好玩',态度浮动,不深刻",则也不免于"因人废诗"之弊。

然而,更多的人是欣赏徐志摩在诗歌道路上的求索的。当时有人著文说,徐志摩在新诗上的贡献,"并不在他那些诗篇的本身,都在他那创造的精神和尝试的工作上"。也就是说,他的诗本身可能有这样那样的不足,而他对于诗歌发展方向的不倦探索上的贡献,却是谁也不能抹杀的。而且,"他的诗,永远是愉快的空气,不曾有一些儿伤感或颓废的调子,……给人总是那舒快的感悟"。这样努力于新诗发展的诗人,这样打动人心的诗风,还有什么值得去责备的呢?

中国新诗的发展,在很大程度上借鉴了西方文学中的诗歌的写法。徐志摩即充分参考了西方诗歌的诸般长处,同时,还一直致力于向国内推介西方诗界的名家名作。歌德、雪莱、白郎宁、哈代、丹农雪乌、波特莱……西方许多名家的名诗,不仅使徐志摩的诗吸取了大量有益的养分,而且也让中国诗坛有了更多的借鉴,为中国新诗的发展铺设了道路。

西方诗歌艺术中的动人之处，其实也往往与真实人生中的真情实感紧紧相联。读白郎宁及其夫人的爱情诗，看徐志摩写下的那个动人的爱情故事，便可见其一斑——看白郎宁如何追求一个比自己大六岁、那时已经三十九岁而又一身病痛的女人，而后双双幸福地一起度过了十五年美好的光景。而夫人临终时的情景，更是留给后世永远的感动："她最后的一句话，回答白郎宁问她觉到怎么样，是一单个无价的字——'Beautiful！''微笑的、快活的、容貌似少女一般'，她在她情人的怀抱中瞑目。"

徐志摩不只是从西方名家的诗中读出了艺术的美感和诗人的气质，更重要的是，他读出了关于人生的生死与苦乐，关于社会的绝望与希望。哈代悲观主义的愤慨人生，苔微士为诗歌而行乞的悲凉人生，无不让人从诗歌中感受着生存的艰难。不仅如此，徐志摩还指出："从尼采到哈代——在这一百七十年间我们看到人类冲动性的情感，脱离了理性的挟制，火焰似的进窜着，在这光炎里激射出种种的运动与主义，……压死了情感，麻痹了理智，人类忽然发见他们的脚步已经误走到绝望的边沿，再不留步时前途只是死与沉默。"对于诗歌思想内涵这般广博与深厚的解读，足以让我们看到徐志摩对西方诗歌认识之深刻。

喜欢徐志摩诗歌的人很多，其实，了解一下徐志摩对于诗歌创作的看法，以及他对西方名家名诗的品读，我们可以更深入地感悟到，他的诗从内容到形式上做出了多少卓有成效的创新，以及他的诗对于西方诗歌所采取的"他山之石，可以攻玉"的有益尝试。

那么，就让我们再好好品读一下徐志摩评诗论诗的文章吧。

陈益民

目　录

徐志摩品诗

坏诗，假诗，形似诗

到底什么是诗，谁都想来答复，谁都不曾有满意的答复。诗是人天间基本现象之一，同美或恋爱一样，不容分析，不能以一定义来概括的，近来有人想用科学方法来研究诗，就是研究比量诗的尺度，音节，字句，想归纳出做好诗的定律，揭破历代诗人家传的秘密；犹之有人也用科学方法来研究恋爱，记载在恋中人早晚的热度，心搏的缓急，他的私语，他的梦话等等，想勘破恋爱现象的真理。这都是人们有剩余能耐时有趣味的尝试，但我们却不敢过分佩服科学万能的自大心。西洋镜从镜口里望过去，有好风景，有活现的动物世界，有繁华的跳舞会，有科学天才的孩子们揎拳掳臂的不信影子会动，一下子把镜匣拆了，里面却除了几块纸版，几张花片，再也寻不出花样的痕迹。

所以"研究"做诗的人，尽让他从字句尺度间去寻秘密，结果也无非把西洋镜拆穿，影戏是看不成了，秘密却还是没有找到。一面诗人所求的只是烟士披里纯，不论是从他爱人的眉峰间，或是从弯着腰种菜的乡女孩的歌声里，神感一到，戏法就出，结果是诗，是美，有时连他自己看了也很惊讶，他从没有梦想到能实现这样的境界。恋爱也是这样，随他们怎样说法，用生理解释也好，用物理解释也好，用心理分析解释也好，只要闭着眼赤体"小爱"的箭锋落在你的身上，你张开眼来就觉得天地都变了样，你就会作为你不能相信的作为，人家看来就说你是疯了——这就是恋爱的现象。受了"小爱"箭伤的人，只愿在他蜜甜的愁思，鲜美的痛苦里，过他糊里糊涂无始无终的时刻，他那时听了人家头冷血冷假充研究恋爱者的话，他只是冷笑。

所以宇宙间基本的现象——美，恋爱，诗，善——只是各个人自己体验去。你自身体验去，是惟一的秘诀。高尔斯华绥 John Galsworthy "皮局"Skin Game 那戏里，女孩子问她的爹说：

By the way, Dad, That is A Gentleman?

Hillcrist:No;You can't define it, you can only feel it.

但我们虽则不能积极的下定义，我们却都承认我们多少都有认识评判诗与美的本能，即使不能发现真诗真美，消极的我们却多少都能指出这不是诗，这不是美。一般的人只是知其然而不知其所以然。评衡的责任就在解释其所以然。一般人评论美术，只是主观的好恶，习惯养成的趋向。评衡者的话，虽则不能脱离广义的主观的范围，但因他的感受性之特强，比较的能免除成见，能用智理来翻译他所感受的情绪，再加之学力，与比较的丰富的见识，他就能明白地写出在他人心里只是不清切的感想——他的话就值得一听。评衡者(The Critic)的职务，就在评作品之真伪，衡作品之高下。他是文艺界的审判官。他有求美若渴的热心，他也有疾伪如仇的义愤。他所以赞扬真好的作品，目的是奖励，批评次等的作品，目的是指导，排斥虚伪的作品，目的是维持艺术的正谊与尊严。

人有真好人，真坏人，假人，没中用人；诗也有真诗，坏诗，形似诗(Mere verse)。真好人是人格和谐了自然流露的品性；真好诗是情绪和谐了(经过冲突以后)自然流露的产物。假人或作伪者仿佛偷了他人的衣服来遮盖自己人格之穷乏与丑态；假诗也是剽窃他人的情绪与思想来装缀他自己心灵的穷乏与丑态。不中用人往往有向善的诚心，但因实现善最需要的原则是力，而不中用人最缺乏的是力，所以结果只是中道而止，走不到他心想的境界；做坏诗的人也未尝不感觉适当的诗材，但他因为缺乏相当的艺力，结果也只能将他想像中辛苦地孕成的胎儿，不成熟地产了下来，结果即不全死也不免残废。Charles Sorley 有几句代坏诗人诉苦的诗：

> We are the homeless even as you,
>
>   Who hope but never can begin.
>
> Our hearts are wounded through and through
>
>   Like yours, but our hearts bleed within;
>
> Who too make music but our tones.
>
>   Shake not the barrier of our bones.

坏诗人实在是很可怜的，他们是俗话所谓眼泪向肚里落的，他们尽管在文字里大声哭叫，尽管滥用最骇人的大黑杠子，——尽管把眼泪鼻涕浸透了他们的诗笺，尽管满想张开口把他们破碎了的心血，一口一口的向我们身上直喷——结果非但不能引起他们想望的同情，反而招起读者的笑话。

但如坏诗以及各类不纯粹的艺术所引起的止于好意的怜与笑，假诗(Fake Poetry)所引起的往往是极端的厌恶。因为坏诗的动机，比如祖露着真的伤痕乞人的怜悯，虽则不高明，总还是诚实的；假诗的动机

徐志摩品诗

却只是诈欺一类,仿佛是清明节城隍山上的讨饭专家,用红蜡烛油涂腿装烂疮,闭着眼睛装瞎子,你若是看出了他们的作伪,不由你不感觉厌恶。

葛莱符司的比喻也很有趣。他是我们康桥的心理学和人种学者Rivers 的好友,所以他也很喜从原民的风俗里求诗艺的起源。现代最时髦的心理病法,根据佛洛德的学理,极注重往昔以为荒谬无理的梦境与梦话,这详梦的办法也是原民最早习惯之一。原民在梦里见神见鬼,公事私事取决于梦的很多,后来就有详梦专家出现,专替人解说梦意,以及补说做梦人记不清切或遗忘了的梦境。他为要取信,他就像我们南方的关魂婆肚仙之类,求神祷鬼,眼珠白转的出了神,然后说他的"鬼话"或"梦话"。为使人便于记忆,这类的鬼话渐渐趋向于有韵的语体——比如我们的弹弦子算命。这类的巫医,研究人种学者就说是诗人的始祖。但巫医的出入神(trance)也是一种艺术,有的也许的确是一种利用"潜识"的催眠术,但后来成了一种营利的职业,就有作伪的人学了几句术语,私服麻醉剂,入了昏迷状态,模仿"出神";有的爽性连麻醉剂也不用,竟是假装出了神,仿效从前巫医,东借西凑的说上一大串鬼话骗人敛钱。这是堕落派的巫医,他们嫡派的子孙,就是现代作伪的诗人们。

适之有一天和我说笑话,他说我的"尝试"诗体也是作孽不浅,不过我这一派,诗坏是无可讳言的,但总还不至于作伪;他们解决了自己情绪的冲突,一行一行直直白白的写了出来,老老实实的送到报上去登了出来,自己觉得很舒服很满意了,但他们却没有顾念到读他们诗的人舒服不舒服,满意不满意。但总还好,他们至少是诚实的。此外我就不敢包了。现在 fake poetry 的出品至少不下于 bad poetry 的出品。假诗是不应得容许的。欺人自欺，无论在政治上，在文艺里，结果总是最不经济的方策；迟早要被人揭破的。我上面说坏诗只招人笑，假诗却引人厌恶。诗艺最重个性，不论质与式，最忌剿袭，Intellectual honesty 是最后的标准。无病呻吟的陋习，现在的新诗犯得比旧诗更深。还有 Mannerism of pitch and sentiments，看了真使人肉麻。痛苦，烦恼，血，泪，悲哀等等的字样不必说，现行新文学里最刺目的是一种 Mannerism of description，例如说心，不是心湖就是心琴，不是浪涛汹涌，就是韵调凄惨；说下雨就是天在哭泣，比夕阳总是说血，说女人总不离曲线的美，说印象总说是网膜上的……

我记得有一首新诗，题目好像是重访他数月前的故居，那位诗人摩按他从前的卧榻书桌，看看窗外的云光水色，不觉大大的动了伤感，他就禁不住——

"……泪浪滔滔。"

固然做诗的人，多少不免感情作用，诗人的眼泪比女人的眼泪更不值钱些，但每次流泪至少总得有个相当的缘由。踹死了一个蚂蚁，也不失为一个伤心的理由。现在我们这位诗人回到他三月前的故寓，这三月内也并不曾经过重大变迁，他就使感情强烈，就使眼泪"富余"，也何至于像海浪一样的滔滔而来！

我们固然不能断定他当时究竟出了眼泪没有，但我们敢说他即使流泪也不至于成浪而且滔滔——除非他的泪腺的组织是特异的。总之形容失实便是一种作伪，形容哭泪的字类尽有，比之泉涌，比之雨骤，都还在情理之中，但谁能想像个泪浪滔滔呢？最后一种形似诗，就是外表诗而内容不是诗，教导诗，讽刺诗，打油诗，酬应诗都属此类。我国诗集里十之七八的五律七律都只是空有其表的形似诗。现在新诗里的形

5

似诗更多了，大概我们日常报上杂志里见的一行一行分写的都属此类。分析起来有分行写的私人日记，有初学做散文而还不甚连贯的练习，有逐句抬头的信札，有小孩初期学话的成绩，等等。

载《努力周报》第 51 期(1923 年 5 月 6 日)

诗人与诗

你们若有研究文学的兴趣，先要问自己能不能以自己的生活的大部分来从事于文艺；这个问题解决之后，再问自己生活的态度是怎样。最好是采取一种孤独的生活，经营你内心的生活，去创造你自己的文学的产品。诗人的作品的实质决不是在繁华的生活所能得到的。文学家的修养的起点，就是保持我们的活泼的态度，远避这恶浊的社会。若是实在不能孤独的去生活，而强伏于公同生活的环境；只要你能有你自己意志的主宰，对于外边的引诱也就无妨了。

要想专门的去研究诗的文学，或者想做一个诗人，也应该经过这个程序的疑问而后去决定。

诗人究竟是什么东西？这句话急切也答不上来。诗人中最好的榜样：我最爱中国的李太白，外国的 Shelley。他们生平的历史就是一首极好的长诗；所以诗人虽然没有创造他们的作品，也还能够成其为诗人。我们至少要承认：诗人是天生的而非人为的(poet is born not made)，所以真的诗人极少极少。广义地说，一个小孩子也是诗人，因为他也有他的想像力，及他的天真烂漫的观察力。我想英国能写诗的人不下三十万，不过在里面只寻找得出二十个真诗人，在各大学中当得起诗人之称的不过一二人。

有人说："道德不好的人不能做诗人。"好像 Villon 是一个滥喝酒而且做贼的人；还有意大利文艺复兴时代做情歌的 Malatasta 也是道德不甚好的人；还有英国的 Byron 为英国社会所不容而赶到别国去的，他有天赋的狂放的天才，兼之那时又是浪漫的时期，他所得的境界是纯粹的美，他的宗教的第一信仰就是美的实在，出乎普通的道德，和人们的成见及偏见的制裁。这三人中，只有 Malatasta 实在是个坏人，所以他的诗也只能算伪的文学。

诗人不能兼作数学家。如像德国的 Goethe，他的政治，历史，哲学，文学……都好，只有数学一种学科不行。你们数学不见长的，来学诗一定是很适宜的；因为诗人的情重于智，数学家却只重印板式的思构；数学不好的人，他的想像力一定很发达，所以他不惯受拘于那呆板的条例。

诗人是半女性的（poet is half woman）如像但丁……等是在英国除了伯克外，Shelley 同 Keats 都是美男子，都是三十四五岁上就夭折了。但是所谓半女性，自然不是生理上的，也不是容貌上的，乃是性情上的—— 一种缠绵的多愁性。

诗人不是实际的实行家。然而也有例外，如像 Shakespeare，他既做过小生意，又当过戏园的掌班，办事很有条理的。

上面几条反面的说法，看了之后大概可以知道诗人是什么了。但是诗人的产物——诗到底又是什么东西呢？

这个尤其难说了。只有一个滑稽而较确切的解释："诗就是诗。"但是这个解释还是等于不解释，对于我们的求知心，自然不能算满足。

勉强的说:诗是写人们的情绪的感受或发生。情绪的义很广,不仅是哭,笑,喜,怒,……等情:比如我们写一棵树,写一块石头,只要你能身入其境,与你所写及的东西有同化的境界,就是情绪极真的表现。

现在的诗人几乎占据了中国的新文坛,所以发表出来的诗也太滥了。反对白话诗的人常常持这种论调:"散文分行写就是一首白话诗,白话诗要改成连贯的写就是一篇白话文。"这也不怪他们说得这样过分,作者原不能辞其责呀。虽然,这种努力也是一种极好的预备。

外来的感觉不能刺激我们的灵性怎样深。天赋我们的眼睛,我们要运用他能看的本能去观察;天赋我们的耳,我们要运用他能听的本能去谛听;天赋我们的心,我们要运用他能想的本能去思想;此外还要依赖一种潜识——想像化,把深刻的感动让他在潜识内融化,等他自己结晶,一首诗这才能够算成功。所以写诗单靠 Inspiration 是不行的。

我们还要有艺术的自觉心。写我们有价值的经验,不是关于各个人的价值,应该把他客观化,——就是由我写出来,别人看了也要有同情的感动。

诗是极高尚极纯粹的东西,不要太容易去作,更不要为发表而作。我们得到一种诗的实质,先要溶化在心里;直至忍无可忍,觉得几乎要迸出我心腔的时候,才把他写出。那才能算一首真的诗。

诗的灵魂是音乐的,所以诗最重音节。这个并不是要我们去讲平仄,押韵脚,我们步履的移动,实在也是一种音节啊。所以散文也可以说是有音节的。作白话诗我们也要在大范围内去自由。

9

诗是一种最高的语言,所以诗要非常贯连的。外国的一首好诗,一个音节不能省,一个不恰当的字不能用。本来作诗如造屋,屋中的一根柱头没有放好,全座的房子都要受影响。

　　我们想作诗,先要多读几篇散文。因为散文比较上有发展的余力,美的散文所得的快慰也不下于一首诗。想做诗还要多学几种艺术,如像音乐,图画,⋯⋯与诗的音节和描写都很有关系的。

载天津《新民意报》副刊《朝霞》第 6 期(1923 年 6 月)

欧游途中致刘勉己

勉己兄：

　　我记得临走那一天交给你的稿子里有一首《庐山石工歌》，盼望你没有遗失。那首如其不曾登出，我想加上几句注解。庐山牯岭一带造屋是用本山石的，开山的石工大都是湖北人，他们在山坳间结茅住家，早晚做工，赚钱有限，仅够粗饱，但他们的精神却并不颓丧(这是中国人的好处)。我那时住在小天池，正对鄱阳湖，每天早上太阳不曾驱净雾气，天地还只暗沉沉的时候，石工们已经开始工作，浩唤的声音从邻近的山上度过来，听了别有一种悲凉的情调。天快黑的时候，这浩唤的声音也特别的动人。我与歆海住庐山一个半月，差不多每天都听着那石工的喊声，一时缓，一时急，一时断，一时续，一时高，一时低，尤其是在浓雾凄迷的早晚，这悠扬的音调在山谷里震荡着格外使人感动，那是痛苦人间的呼吁，还是你听着自己灵魂里的悲声？Chaliapin(俄国著名歌者)有一只歌叫做《鄂尔加河上的舟人歌》(Volga Boatmen's Song)，是用回返重复的低音，仿佛鄂尔加河沉着的涛声，表现俄国民族伟大沉默的悲哀。我当时听了庐山石工的叫声，就想起他的音乐，这三段石工歌便是从那个经验里化成的。我不懂得音乐制歌不敢自信，但那浩唤

11

的声调至今还在我灵府里动荡,我只盼望将来有音乐家能利用那样天然的音籁谱出我们汉族血赤的心声!

志摩　三月十六日西伯利亚

载北京《晨报副刊》1925 年 4 月 13 日

未来派的诗

前几年我在美洲乔治湖畔的一个人家做苦工。我的职务是打杂，每天要推饭车，在厨房和饭厅之间来来往往的走。饭车上装着一二百碗碟刀叉之类，都是我所要洗刷的。我每次推着小车在轨道上走，口里唱着歌儿，迎着习习的和风，感到一种异样的兴趣；不过这也仅是在疲极的时候所略得的休息罢了。实在说来，我在那里是极苦的。有一天不知怎样，车翻了，碗碟刀叉都跌了下来，打得歪斜粉碎。我那时非常惶恐，后来幸亏一个西班牙人——我的助手——帮着我把碎屑弄到阴沟里去，可怜我那时弄得两手都是鲜血，被碎屑刺破。回家时便接着梁任公给我的信，他的信上有几句话：

> 顷在罗马，
>
> 与古为徒，
>
> 现代意大利
>
> 熟视若无睹！

他的意思是说意大利风物之美，都是古罗马的遗迹，与现代之意大利丝毫无关。

意大利曾有一位 Maranetti，他觉得许多人把意大利都当作图书馆或是博物院，专考究古代的文明，蔑视现在他们的艺术，心中极为愤恨，于是主张破坏意大利旧有的一切文明，无论雕刻绘画建筑文学，一概不要，另外创造新的。一个作者只能有二十岁到四十岁可以算作他著作的时期，此外的作品便须毁过重做。他有一篇宣言，有一段是，"未来派的自觉心"，便是竭力推阐他的主张的。

现在一切都为物质所支配，眼里所见的是飞艇，汽车，电影，无线电，密密的电线，和成排的烟囱，令人头晕目眩，不能得一些时间的休止，实是改变了我们经验的对象。人的精神生活差不多被这样繁忙的生活逐走了。每日我在纽约只见些高的广告牌，望不见清澈的月亮；每天我只听见满处汽车火车和电车的声音，听不见萧瑟的风声和嘹亮的歌声。凡在西洋住过的人，差不多没有不因厌恶而生反抗的。

未来派的人知道这是不可挽回的现象，于是不但不求超出世外，反向前进行。现世纪的特色是：

一、迅速。例如坐车总要坐特别快车。

二、激刺。例如爱看官能感觉的东西。

三、嘈杂。例如听音乐爱听大锣大鼓。

四、奇怪。例如现代什么样希奇的病症都出现了。

未来派觉得外界现象变了，情绪也应当变，所以也就依着这样的特色来制作他们的诗。

诗无非是由内感发出，使人沉醉，自己也沉醉；能把泥水般的经验化成酒，乃是诗的功用。千变万化，神妙莫测，极自然的写出，极不连贯，这便是未来派诗人的精神。他们觉得形容词是多余的，可以用快慢的符号来表明，并且无论牛唤羊声，乐谱，数学用字，斜字，倒字，都可以加到诗里去。他们又觉得一种颜色不够，于是用红绿各色来达意，字也可以自由制造。他们是极端的诚实，不用伪美的语句，铲除一切的不自然。看来虽好似乱七八糟，据说读起来音节是很好听的，虽然我没有听见过。关于未来派的诗我且不下什么批评，无论如何，他们一番革命的精神，已是为我们钦敬了！

现有的文字不能完全达出思想。我且举几个不能描绘的妙景，我认为须用未来派的诗写出才有声色的，作我这次讲演的结束：

"北京大学石狮搬家。石狮很重，工人们抬不动，便将木排垫在石狮下，捆绳在狮身上，许多人拉着绳前进，吆吆喝喝的拉着，拉一步，唱一声，石狮也摇摆了一下。狗在旁边看见狮子动，便吓跑了，停了，又跑到石狮的面前来吠叫。

"船泊南洋新加坡时，丢钱到海水里，马来土人便去钻入水底，拾起钱来。入水时浪花四溅，和那马来人黑皮肤与赤红的阳光相映，都是极难描写的。

"一条小河上，两个肥兵官在桥上打了起来，彼此不相让，两边的兵士只好在旁边呐喊，却不敢前近。忽然卟咚一声，两个肥兵官全跌到水里去了。"

选自赵景深编《近代文学丛谈》，上海新文化书社 1925 年版

15

徐志摩品诗

诗刊弁言

我们几个朋友想借副刊的地位，每星期发行一次诗刊，专载创作的新诗与关于诗或诗学的批评及研究文章。

本来这一句话就够说明我们出诗刊的意思；但本期有的是篇幅，当编辑的得想法补满它；容我先说这诗刊的起因，再说我个人对于新诗的意见。

我在早三两天前才知道闻一多的家是一群新诗人的乐窝，他们常常会面，彼此互相批评作品，讨论学理。上星期六我也去了。一多那三间画室，布置的意味先就怪。他把墙壁涂成一体墨黑，狭狭的给镶上金边，像一个裸体的非洲女子手臂上脚踝上套着细金圈似的情调。有一间屋子朝外壁上挖出一个方形的神龛，供着的，不消说，当然是米鲁薇纳丝一类的雕像。他的那个也够尺外高，石色黄澄澄的像蒸熟的糯米，衬着一体黑的背景，别饶一种澹远的梦趣，看了叫人想起一片倦阳中的荒芜的草原，有几条牛尾几个羊头在草丛中掉动。这是他的客室。那边一间是他做工的屋子，基角上支着画架，壁上挂几幅油色不曾干的画。屋子极小，但你在屋里觉不出你的身子大；带金圈上的黑公主有些杀伐气，但她不至于吓瘪你的灵性；裸体的女神（她屈着一支腿挽着往下沈的褒衣），免不了几分引诱性，但她决不容许你逾分的妄想。白天有太阳进来，黑壁上也沾着光；晚快黑影进来，屋子里仿佛有梅斐士滔佛士的踪迹；夜间黑影与灯光交斗，幻出种种不成形的怪象。

这是一多手造的阿房，确是一个别有气象的所在，不比我们单知道买花洋纸糊墙，买花席子铺地，买洋式木器填屋子的乡蠢。有意识的安排，不论是一间屋，一身衣服，一瓶花，就有一种激发想像的暗示，就有一种特具的引力。难怪一多家里见天有那些诗人去团聚——我羡慕他！

我写那几间屋子因为它们不仅是一多自己习艺的背景，它们也就是我们这诗刊的背景。这搭题居然被我做上了；我期望我们将来不至辜负这制背景人的匠心，不辜负那发糯米光的爱神，不辜负那戴金圈的黑姑娘，不辜负那梅斐士滔佛利士出没的空气！

我们的大话是：要把创格的新诗当一件认真事情做。这话转到了我个人对于新诗的浅见。我第一得声明我决没有厚颜，自诩有什么诗才。新近我见一则短文上写："没有人会以为徐志摩是一个诗人……"对极，至少我自己决不敢这样想，因为诗人总得有天才，天才的担负是一种压得死人的担负，我想着就害怕，我那敢？实际上我写成了诗式的东西借机会发表，完全是又一件事，这决不证明我是诗人，要不然诗人真的可以充汗牛之栋了！一个时代见不着一个真诗人，是常例；有一两个露面已够例外；再盼望多简直是疯想。像我个人，归根说，能认识几个字，能懂得多少物理人情，做一个平常人还怕不够格，何况更高的？我又何尝懂得诗，兴致来时随笔写下的就能算诗吗，怕没有这样容易！我性灵里即使有些微创作的光亮，那光亮也就微细得可怜，像板缝里

17

逸出的一线豆油灯光。痛苦就在这里;这一丝 Will—O'—the—Wisp, 若隐若现的晃着,我料定是我终身不得(性灵的)安宁的原因。

我如其胆敢尝试过文艺的作品,也无非是在黑弄里弄斑斧,始终是其妙莫名,完全没有理智的批准,没有可以自信的目标。你们单看我第一部集子的杂乱,荒伦,就可以知道我这里的供状决不是矫情。我这生转上文学的路径是极兀突的一件事;我的出发是单独的,我的旅程是寂寞的,我的前涂是蒙昧的。直到最近我才发现在这道上摸索的,不止我一个;旅伴实际上尽有,只是彼此不曾有机会携手。这发见在我是一种不可言喻的快乐,欣慰。管得这道终究是通是绝,单这在患难中找得同情,已够酬劳这颠沛的辛苦。管得前涂有否天晓,单这在黑暗中叫应,彼此诉说曾经的磨折,已够暂时忘却肢体的疲倦。

再说具体一点,我们几个人都共同着一点信心:我们信诗是表现人类创造力的一个工具,与音乐与美术是同等同性质的;我们信我们这民族这时期的精神解放或精神革命没有一部像样的诗式的表现是不完全的;我们信我们自身灵性里以及周遭空气里多的是要求投胎的思想的灵魂,我们的责任是替它们搏造适当的躯壳,这就是诗文与各种美术的新格式与新音节的发见;我们信完美的形体是完美的精神唯一的表现;我们信文艺的生命是无形的灵感加上有意识的耐心与勤力的成绩;最后我们信我们的新文艺,正如我们的民族本体,是有一个伟大美丽的将来的。

上面写的似乎太近宣言式的铺张,那并不是上等的口味,但我这杆野马性的笔是没法驾驭的;我的期望是至少在我们几个人中间,我的话可以取得相当的认可。同时我也感觉一种戒惧。我第一不敢担保这诗刊有多久的生命;第二不敢担保这诗刊的内容可以满足读者们最低限度的笃责。这当然全在我们自己；这年头多的是虎头蛇尾的现象，且看我们这群人终究能避免这时髦否？

此后诗刊准每星期四印出，我们欢迎外来的投稿。

这第一期是三月十八血案的专号，参看闻一多的下文。

三月三十日夜深时

载北京《晨报副刊·诗镌》第 1 期(1926 年 4 月 1 日)

徐志摩品诗

《诗刊》放假

《诗刊》以本期为止,暂告收束。此后本刊地位,改印《剧刊》,详情另文发表。

《诗刊》暂停的原由,一为在暑期内同人离京的多,稿事太不便,一为热心戏剧的几个朋友,急于想借本刊地位,来一次集合的宣传的努力,给社会上一个新剧的正确的解释,期望引起他们对于新剧的真纯的兴趣;诗与剧本是艺术中的姊妹行,同人当然愿意暂时奉让这个机会。按我们的预算,想来十期或十二期剧刊,此后仍请诗刊复辟,假如这初期的试验在有同情的读者们看来还算是有交代的话。

《诗刊》总共出了十一期,在这期间内我们少数同人的工作,该得多少分数,当然不该我们自己来擅自评定:我们决不来厚颜表功;但本刊既然暂行结束,我们正不妨回头看看:究竟我们做了点儿什么?

因为开篇是我唱的,这尾声(他们说)也得我来。实际上我虽则乔居编辑的地位,我对诗刊的贡献,即使有,也是无可称的。在同人中最卖力气的要首推饶孟侃与闻一多两位;朱湘君,凭他的能耐与热心,应分是我们这团体里的大将兼先行,但不幸(我们与读者们的不幸)他中途误了卯,始终没有赶上,这是我们觉得最可致憾的;但我们还希冀将来重整旗鼓时，他依旧会来告奋勇，帮助我们作战。我们该得致谢邓以蛰余上沅两位先生各人给我们一篇精心撰作的论文；这算是我们借来的"番兵"。杨子惠孙子潜两位应受处分，因为他们也是半涂失散，不曾尽他们应尽的责任；他们此时正在西湖边乘凉作乐，却忘了我们还在这大热天的京城里奋斗。说起外来的投稿，我们早就该有声明：来稿确是不少，约计至少在二百以上，我们一面感谢他们的盛意，一面道歉不曾如量采用，那在事实上是不可能的。在选稿上，我们有我们的偏见是不容讳言的，但是天知道，我们决不曾存心"排外"！这一点我们得求曾经惠稿诸君的亮恕。

但我们究竟做了点儿什么，这是问题。第一在理论方面，我们讨论过新诗的音节与格律。我们甘脆承认我们是"旧派"——假如"新"的意义不能与"安那其"的意义分离的话。想是我们的天资低，想是我们"犯贱"，分明有了时代解放给我们的充分自由不来享受，却甘心来自造镣铐给自己套上；放着随口曲的真新诗不做，却来试验什么画方豆腐干式一类的体例！一多分明是我们中间最乐观的，他说："新诗的音节……确乎有了一种具体的方式可寻。这种音节的方式发现以后，我断言新诗不久定要走进一个新的建设的时期了。无论如何，我们应该承认这在新诗的历史里是一个轩然大波。这一个大波的荡动是进步还是退化，不久也就自有定论。"这话不免有点"老气"的嫌疑，许有狠多人不能附和这乐观论，这是当然的；但就最近的成绩看，至少我们不该气馁，这发见虽则离完成，期许还远著，但决不能说这点子端倪不是一个强有力的奖励。只要你有勇气不怕难，凭这点子光亮往前续续的走去，不愁走不出道儿来；绕弯，闪腿，刺脚，一类的事，都许有的，但不碍事，希望比困难大得多！

21

再说具体一点，我们觉悟了诗是艺术；艺术的涵义是当事人自觉的运用某种题材，不是不经心的一任题材的支配。我们也感觉到一首诗应分是一个有生机的整体，部分与部分相关连，部分对全体有比例的一种东西；正如一个人身的秘密是它的血脉的流通，一首诗的秘密也就是它的内含的音节，匀整与流动。这当然是原则上极粗浅的比喻，实际上的变化与奥妙是讲不尽也说不清的，那还得做诗人自己悉心体会去。明白了诗的生命是在它的内在的音节(Internal rhythm)的道理，我们才能领会到诗的真的趣味；不论思想怎样高尚，情绪怎样热烈，你得拿来澈底的"音节化"(那就是诗化)才可以取得诗的认识，要不然思想自思想，情绪自情绪，却不能说是诗。但这原则却并不在外形上制定某式不是诗某式才是诗；谁要是拘拘的在行数字句间求字句的整齐，我说他是错了。行数的长短，字句的整齐或不整齐的决定，全得凭你体会到的音节的波动性；这里先后主从的关系在初学的最应得认清楚，否则就容易陷入一种新近已经流行的谬见，就是误认字句的整齐(那是外形的)是音节(那是内在的)的担保。实际上字句间尽你去剪裁个齐整，诗的境界离你还是一样的远着；你拿车辆放在牲口的前面，你那还赶得动你的车？我们还可以进一步说，正如字句的排列有恃于全诗的音节，音节的本身还得起原于真纯的"诗感"。再拿人身作比，一首诗的字句是身体的外形，音节是血脉，"诗感"或原动的诗意是心脏的跳动，有它才有血脉的流转。要不然"他戴了一顶草帽到街上去走，/碰见了一只猫，又碰见一只狗"一类的谐句都是诗了！我不惮烦的疏说这一点，就为我们，说也惭愧，已经发现了我们所标榜的"格律"的可怕的流弊！谁都会运用白话，谁都会切豆腐似的切齐字句，谁都能似是而非的安排音节——但是诗，它连影儿都没有和你见面！

22

所以说来我们学做诗的一开步就有双层的危险，单讲"内容"容易落了恶滥的"生铁门笃儿主义"或是"假哲理的唯晦学派"；反过来说，单讲外表的结果只是无意义乃至无意识的形式主义。就我们诗刊的榜样说，我们为要指摘前者的弊病，难免有引起后者弊病的倾向，这是我们应分时刻引以为戒的。关于这点《诗刊》第八期上钟天心君给我们的诤言是值得注意的。

我已经多占了篇幅，赶快得结束这尾声。在理论上我们已经发挥了我们的"大言"，但我们的作品终究能跟到什么地位，我此时实在不敢断言。就我自己说，我开头是瞎摸，现在还是瞎摸，虽则我受《诗刊》同人的鼓励是不可量的。在我们刊出的作品中，可以"上讲坛"的虽则不多，总还有；就我自己的偏好说，我最喜欢一多三首诗。《春光》，《死水》，都是完全站得住的；《黄昏》的意境，也是上乘，但似乎还可以改好。孟侃从踢球变到做诗，只是半年间的事，但他运用诗句的纯熟，已经使我们老童生们有望尘莫及的感想，一多说是"奇迹"，谁说不是？但我们都还是学徒，谁知道谁有出师那天的希望？我们各自勉力上进吧！

最后我盼望将来继续《诗刊》或是另行别种计划的时候，我们这几个朋友依旧能保持这次合作的友爱的精神。

星二侵晨鸡啼雀噪时

载北京《晨报副刊·诗镌》第 11 期(1926 年 6 月 10 日)

23

《志摩的诗》附注

周容先生来信说他不认识我,他"认识的只是志摩的诗";他为志摩的诗出了好久没人理会所以自己写了这篇小评。没人理会?不,周先生错了;有人理会的。我就见过好几处的批评:有人仿佛怪嫌我线装绢包角的印法;有人仿佛把资本家与志摩的诗联在一起,怎么说法我记不清了;有人仿佛说我油腔滑调;还有人仿佛说我不该把老爷太太的称呼放进诗里去。不,我们的评坛一点也不寂寞,周先生错怪了。方才我收到周先生的评文,我就想退回去,因为我粗粗看了一遍觉着说我诗要得的地方多,这就大大的不妥当。一来我是不惯受宠的,二来在自己编辑的篇幅上登载称赞自己作品的来稿,似乎有些不怎么合式。但我结果还是把它发了出去付印,也许这是我的软弱,我也不来替自己粉饰。谁不爱夸奖,谁不要鼓励?但我,做诗的我,只觉着通体全是病,精神离着健全,即使有那一天,还差得远着;我所以狠愿意吃药,我决不怕苦,只要我信得过给我药吃的人的确有医治我病的诚意。周先生给我吃了糖,甜的,怕不是医病的材料。我这第一本当然是一碗杂碎,黄瓜与西瓜拌在一起,羊肉与牛肉烧成一堆,想着都有些寒伧。至少这集子里该删的诗还不少;周先生念不下去的那首《康桥》简直不是东西,当然应该劈去,就是周先生喜欢的几首留别日本的沙扬娜拉,我以为也是极要不得的,这样格式许有办法,但那十八首里却没有一两首站得住的。不,我还得好好请教医生去。

附:周容《志摩的诗》

志摩的诗,一共五十五首;从它的装钉和印刷的美丽上看来,觉得是新诗界的一件可喜的事。然而中国的人们,太会静默了,志摩的诗,出来了这么许多时日,还不见有些回响,大概是中国人都太匆忙了吧。

我读志摩的诗,使我感觉得欣悦,也使我感觉得苦闷;自然,多面体的人生,是无奇不有的,我在这五十五首诗中,领略到人生的复杂的味儿了。

我虽然不是一个乐天主义者,可是一想到悲哀,总有些软弱。为着大家的片刻的欢娱,且先把志摩的喜剧,作这篇小评的第一幕。

人生的欢欣,是不可多得的;犹其一个诗人的心情中流露出来的欢欣:活现着一颗洁白的美丽的童心,我最爱——乡村里的音籁:

> 小舟在垂柳荫间缓泛——
> 　一阵阵初秋的凉风,
> 　吹生了水面的游绒,
> 　吹来两岸乡村里的音籁。
> 　我独自凭着船窗闲恬,
> 　静看着一河的波幻,

静听着远近的音籁——

又一度与童年的情景默契!

这是清脆的稚儿的呼唤,

田场上工作纷纭,

竹篱边犬吠鸡鸣;

但这无端的悲感与凄惋!

白云在蓝天里飞行:

我欲把恼人的年岁,

我欲把恼人的情爱,

托付与无涯的空灵——消泯。

回复我纯朴的,美丽的童心:

像山谷里的冷泉一勺,

像晓风里的白头乳鹊,

像池畔的草花,自然的鲜明。

　　在这首诗里,我沉醉着童心的美丽,像浸润在清晨的新鲜空气中一般,这自然是不可多得的景象。

　　可是童心的美丽,是不容易长存的;"梦里的颜色,不能永葆鲜妍。"我们再听他对于童心丧失的叹息罢:

26

不再是我的乖乖（三）

今天！咳，为什么要有今天？

不比从前，没了我的疯癫，

再没有小孩时的新鲜，

这回再不来这大海的边沿！

头顶不见天光的方便，

海上只暗沉沉的一片，

暗潮侵蚀了砂字的痕迹，

却不冲淡我悲惨的颜色——

我喊一声海，海！

你从此不再是我的乖乖！

　　这集子里有不少的抒情诗，都是新诗界水平线以上的作品。落叶小唱这一首，犹其是表现得蕴藉温柔，一幅秋凉与离合的景状，无端的吹动了人生如梦的怅惘。

一阵声响转上了阶沿

（我正挨近着梦乡边）；

这回准是她的脚步了，我想——

　　在这深夜！

27

一声剥啄在我的窗上

（我正在靠紧着睡乡旁）；

这准是她来闹着玩——你看！

　　我偏不张皇！

一个声息贴近我的床

我说（一半是睡梦，一半是迷惘）——

"你总不能明白我，你又何苦

　　多叫我伤心！"

一声喟息落在我的枕边

（我已在梦乡里留恋）；

"我负了你"你说——你的热泪

　　烫着我的脸！

这音响恼着我的梦魂

（落叶在庭前舞，一阵——又一阵）；

梦完了，阿，回后清醒；恼人的——

　　却只是秋声！

　　志摩的诗长处，是在那丰富的想像，温柔的情绪，再运用着清丽
的词句，在新诗坛也创造出几种奇格；这几种奇格，是几首大胆写下
的散文诗——婴儿，毒药，和常州天宁寺闻礼忏声等，都算是新诗坛

的异帜。

沙扬娜拉十八首,都是成熟的作品,我们只看最后一首,已经领略这种小诗表现的力量的可爱了。

> 最是那一低头的温柔,
>
> 　像一朵水莲花不胜凉风的娇羞,
>
> 道一声珍重,道一声珍重,
>
> 　那一声珍重里有蜜甜的忧愁——
>
> 　沙扬娜拉!

然而志摩的诗,也有些令人读了会感觉得疲倦的;大概是太不爱剪裁的原故,似乎成了凑杂的风味。因此,康桥再会罢,是一首令我读不完的作品了。

志摩的诗,还有一种咀咒与恐怖的作品——毒药,白旗,婴儿;还有受了自然主义和平民文学的影响所产生的写实纪事诗——太平景象,一小幅的穷乐图……这些作品,刺激性实在锐利,几乎使我再没有读第二次的勇气。但是,我认识得这些都是现代的病的社会里应当产生的作品。至于不朽的价值问题,是我猜想不着的了。

十四,十,八日

载北京《晨报副刊》1925 年 10 月 17 日

徐志摩品诗

《现代评论》与校对

前年《时事新报》的《学灯》替我印过一首长诗《康桥再会罢》。新体诗第一个记认是分行写。所以我那一首也是分行写。但不知怎的第一次印出时新诗的记认给取销了：变成了不分行的不整不散的一种东西。我写了信去。《学灯》主任先生客气得很，不但立即声明道歉，并且又把它复印了一遍。这回是分行的了。可是又错了。原稿的篇幅全给倒乱了：尾巴甩上了脖子，鼻子长到下巴底下去了！直到第三次才勉强给声明清楚了。

但《学灯》的校对本来是不高明的。再说呢，像我这种新诗，尾巴鼻子下巴原没有多大分别，反正是看不出什么道理来，随你自以为安对了没有。这当然完全指我自己的东西说话，别人的我怎敢随便菲薄，回头又该冒犯"中国的雪莱"、"中国的基茨"一类大诗人，那不是玩。

看情形我免不了再来"臭美"一次。承《现代评论》不弃，在最近一期上给我印了我的一首《翡冷翠的一夜》，那是我该感谢的，可是这回的鼻子下巴又给弄倒了，那我可不怎样的领情。错字错标点，更不用提。我不能不觉得诧异。《现代评论》不该连一个校对都用不起。还是主持编辑的先生们故意给做新诗的开玩笑，意思说新诗反正是这么一回事,印倒不印倒能有多大关系?我想不通。我平常是再懒不过的一个人,每回有东西给印错了我就随它去休,真难得发心去更正的。上回《学灯》的事情要不为他们把我那诗里母亲的代名词全给印成了"它",我还不愿意多麻烦人家哪!但我却不愿意连累《现代评论》的鼎鼎盛名。不是听说《现代评论》里载的文艺作品都是在水平线以上的吗?新诗已够念不下去,再叫弄倒了那还成话?例如:

> "……算是我的丧歌,这一阵清风,
> 要是地狱,我单身去你更不放心",
> ……
> "不死也不免瓣尖儿焦萎,多可怜!
> 橄榄林里吹来的,带着石榴花香",
> ……

这不是又给了环伺在《现代评论》周围的"小兵"们"扪虱"的一个机会?我想《现代评论》的记者先生们以后应得稍微留神些才好——为他们报的自身,当然。

省得再去更正,白占《现代评论》最宝贵的篇幅,我对他们告一个罪,恕我就在就近副刊上复登一次原诗,也好叫少数不把新诗完全当"狗屁"看的朋友们至少看一个顺溜。

载北京《晨报副刊》1926 年 1 月 6 日

徐志摩品诗

31

谈诗论文书信选①

致 胡 适

一九二三年九月初

我也有一首诗,你试体验内涵的情味:——

冢中的岁月

白杨树上一阵鸦啼,

白杨树上叶落纷披,

白杨树下有荒土一堆;

也无有青草,也无有墓碑。

也无有蛱蝶双飞,

也无有过客依违,

① 以下为徐志摩部分论及诗文的书信选。标题为编者所加。

有时点缀荒野的暮霭，

土堆邻近有青磷闪闪。

埋葬了也不得安逸，

枯骸在坟底叹息；

死休了也不得静谧，

枯骸在坟底饮泣。

破碎的愿望梗塞我的呼吸，

伤禽似的震悸他的羽翼；

白骨只是赤色的火焰，——

烧不烬生前的恋与怨。

白杨在西风里无语：

可怜这孤魂，无欢无侣！

从不享祭扫的温慰，

有谁存念他生平的梗概？

　　我在家里，真闷得慌。我的母亲，承你屡次问起，早已痊愈，我祖母的葬事也已完毕。这两星期内我那一天都可以离家，但也不知怎的，像是鸽子的翎毛让人剪了，再也飞腾不起来。我在这里只是昏昏的过时间！我分明是有病；但有谁能医呢？

　　奥氏回信已去甚好。我盼望你早些整理寄去出版。

我的儿子,也想跟我到西山来,和祖望哥哥骑驴作伴,但他太野了,我实在管他不了。

文伯常来山上吗?

志摩问安

载北京《晨报副刊》1924 年 10 月 15 日

致 胡 适

一九二四年二月初

适之:

许久不通信了,你好。前天在上海碰见经农,知道你不惯西山孤独的过活,又回北京了。我不怪你,在城里也不碍,就怕你没有决心休养——在山里做工也是休养,在城里出门就是累赘。我也做了山中人了!我们这里东山脚下新起一个三不朽祠,供历代乡贤的,我现在住著。此地还算清静,我也许在此过年了。我的一个堂弟伴我住著,蒋复璁也许搬来。我狠想读一点书,做一点文字,我听说工作是烦闷的对症药,我所以特地选定了这"鬼窠庐"来试试。前天又被君劢召到上海去了一次。《理想》是决计办了,虽则结果也许是理想的反面,前天开会时(君劢召集的),人才济济的什么都有,恐怕不但唯心或是唯物,就是彼此可以共同的兴趣都狠难得。大元帅的旗,同孙文的一样,不见得柱得起来。

Author Waley 有信来提起你,谢谢你的书,他盼望读你的《白话文学史》。他问元朝人的短篇小说有没有集子,他要温庭筠的"侧辞、艳曲"，你知道市上有得卖否，如有我想买一部送他。

Giles 也有信来，狠可笑，他把你的《尝试集》当是我的，他翻了那首《中秋》我抄给你：

The lesser stars have hid their light,

    the greater, fewer seem;

And yet thought shines before us many a

    brilliant ray.

When late the moon comes out and

    crosses light above the stream,

And turns the river water to another milky way.

我在北京的旧友都像埋在地下了！

见文伯代我问候。

我谢谢你的太太，为我在西山布置，可惜我没福！

志摩问安

载黄山书社《胡适遗稿及秘藏书信》第 32 册（1994 年 12 月）

致 凌 叔 华

一九二四年×月×日

准有好几天不和你神谈了，我那拉拉扯扯半疯半梦半夜里袅笔头的话，清醒时自己想起来都有点害臊，我真怕厌烦了你，同时又私冀你不至十分的厌烦，×，告诉我，究竟厌烦了没有？平常人听了疯话是要"半掩耳朵半关门"的，但我相信到是疯话里有"性情之真"日常的话都是穿上袍褂戴上大帽的话，以为是否？但碰巧世上最不能容许的是真——真话是命定淹死在喉管里的，真情是命定闷死在骨髓里的——所以"率真"变成了最不合时宜的一样东西。谁都不愿不入时，谁都不愿意留着小辫子让人笑话，结果真与疯变成了异名同义的字！谁要有胆不怕人骂疯才能掏出他的真来，谁要能听着疯话不变色不翻脸才有大量来容受真。得，您这段罗哆〈嗦〉已经够疯。不错，所以顺着前提下来，这罗哆〈嗦〉里便有真，有多少咬不准就是！

　　……不瞒你说，近来我的感情脆弱的不成话：如其秋风秋色引起我的悲伤，秋雨简直逼我哭。我真怕。昨夜你们走后，我拉了巽甫老老到我家来，谈了一回，老老倦得老眼都睁不开，不久他们也走了，那时雨已是很大。……好了，朋友全走了，就剩了我，一间屋子，无数的书。我坐了下来，心象是一块磨光的砖头，没有一点花纹，重滋滋的，我的一双手也不知怎的抱住了头，手指禽着发，伏在桌上发呆，好一阵子，又坐直了，没精打采的，翻开手边一册书来不用心的看，含糊的念，足足念一点多钟。还是乏味，随手写了一封信给朋友，灰色得厉害，还是一块磨光的砖头，可没有睡意，又发了一阵呆，手又抱着头，……呒！烟士披里纯来了，不多，一点儿，扣一根烟再说。眼望着螺旋形往上裊的烟，……什么，一个旷野，黑夜……一个坟，——接着来了香满园的白汤鲫鱼……呒。那可不对劲……鱼，是的，捞鱼的网……流水……时光……捞不着就该……有了，有了，下笔写吧——

　　　　问谁？阿，这光阴的嘲弄

　　　　问谁去声诉，

在这冻沈沈的星夜，凄风
　　　吹着她的新墓？

"看守，你须耐心的看守
　　　这活泼的流溪，
莫错过，在这清波里优游，
　　　青鲚与红鳍！"

这无声的私语在我的耳边
　　　似曾幽幽的吹嘘——
象秋雾里的远山，半化烟
　　　在晓风里卷舒。

因此我紧揽着我灵魂的绳网，
　　　象一个守夜的渔翁，
竞竞的，注视着那无尽流的时光，
　　　私冀有彩鳞掀涌。

如今只余这破烂的渔网——
　　　嘲讽我的希冀，
我喘息的怅望着不返的时光；
　　　泪依依的憔悴！

又何况在这黑夜里徊徘：

37

黑夜似的痛楚：
一个星芒下的黑影凄迷——
　　留连着一个新墓。

问谁？……我不敢抢呼，怕惊扰
　　这墓底的清淳；
我俯身，我伸手向着它搂抱——
　　呵，这半潮湿的新墓！

这惨人的旷野无有边沿，
　　远处有村火星星，
丛林里有鸱鸮在悍辩——
　　坟边有伤心只影。

这黑夜，深沈的环包着大地，
　　笼罩着你与我——
你，静凄凄的安眠在墓底；
　　我，在迷醉里摩挲！

正愿天光更不从东方
　　按时的泛滥，
让我永久依偎着这墓旁——
　　在沈寂里消幻！

但青曦已在那天边吐露，

　　苏醒的林鸟

已在远近间相应的喧呼——

　　又是一度清晓。

不久，这严冬过去，东风

　　又来催促青条；

便妆缀这冷落的墓墟丛，

　　亦不无花草飘飖。

但我爱，如今你永远封禁

　　在这无情的墓下，

我更不盼天光，更无有春信——

　　我的是无边的黑夜！

　　完了，昨夜三时后才睡，你说这疯劲够不够？这诗我初做成时，似乎很得意，但现在抄誊一过，换了几处字句，又不满意了。你以为怎样，只当他一首诗看，不要认他有什么 Personal 的背景，本来就不定有。真怪，我的想象总脱不了两样货色，一是梦，一是坟墓，似乎不大健康，更不是吉利，我这常在黑地里构造意境，其实是太晦色了，×你有的是阳光似的笑容与思想，你来救度救度满脸涂着黑炭的顽皮××吧！

载《武汉日报·现代文艺》第 26 期(1935 年 8 月 9 日)

徐志摩品诗

致 凌 叔 华

一九二四年十一月二十三日

今天又是奇闷；听了刘宝全以后，与蒋××回家来谈天，随口瞎谈，轻易又耗完半天的日影，王××也来了，念了几篇诗，一同到春华楼吃饭，又到正昌去想吃冰淇淋，没了！只得啜一杯咖啡解嘲，斜躺在舒服的沙发上，一双半多少不免厌世观的朋友又接着谈，咖啡里的点缀是鲜牛酪，谈天里的点缀是长吁与短叹，回头铺子要上门了，把我们撵了出来，冷清清的街道，冷冰冰的星光，我们是茫茫无所之，还是看朋友去。朋友又不在家，在他空屋子里歇了一会儿，把他桌上的水果香烟吃一个精光，再出来到王××寓处，呆呆的坐了一阵子，心里的闷一秒一秒的增加了——不成，还是回老家做诗或是写信或是"打坐"吧。惭愧。居然涂成了十六行的怪调，给你笑一笑或是绉一绉眉罢。

为要寻一颗明星

我骑着一匹拐腿的瞎马，

　　向着黑夜里加鞭；——

　　向着黑夜里加鞭，

我骑着一匹拐腿的瞎马！

我冲入这黑绵绵的荒野，

　　为要寻一颗明星；——

为要寻一颗明星，

我冲入这黑连连的荒野。

累坏了，累坏了我跨下的牲口，

那明星还不出现；——

那明星还不出现，

累坏了，累坏了马鞍上的身手。

这回天上透出了，水晶似的光明，

黑夜里倒着一只牲口，

荒野里躺着一具尸首，——

这回天上透出了水晶似的光明！

十一月二十三日夜十时

载《武汉日报·现代文艺》第 34 期(1935 年 10 月 4 日)

致 欧 阳 兰

一九二四年十一月十五日(片断)

现在所谓新文学是一个混沌的现象，因为没有标准，所以无从评论起，少数的尝试者只是在黑暗中摸索，有的想移植欧西文学的准绳，有的只凭着不完全不纯粹的意境做他们下笔的向导，到现在为止，我们应得承认失败，几乎完全的。但就这失败的尝试中我们已发

41

见了不少新的可能，为最初提倡新体文学的所未能见到的，我个人就深信不久我们就可以案定一种新的 Rhythm，不是词化更不是诗化的 Rhythm，而是文字完全受解放（从类似的单音文字到分明的复音文字）以后纯粹的字的音乐（Word Music）。现在的作品，不论诗与散文，还差的远，不是犯含糊病就是犯夹杂病。文字必先纯粹，方能有文体的纯粹。三殿顶上的黄瓦是一个模子做成的；我们的新语言也得有那纯粹性。瓦块不匀整时，便盖不成成品的屋顶，文字不纯粹时，便做不成像样的文章。

这单是讲方式与原料。思想与结构与意匠，那又是一件事。我们得同时做两种工夫：一面造匀整的瓦料，一面打算将来建筑的图样。我们看问题要看澈底，走半路折回头的办法不是男子的气概。你不见现在新体文不曾站得住，许多所谓新文人与新诗人又在那里演什么曲调与词调了吗？

载北京《晨报·文学旬刊》1924 年 11 月 15 日

致 周 作 人

一九二五年十二月二十日

启明兄：

我真该长长的答你一个信，一来致谢你这细心的读者替我们校阅的厚意，二来在我们接到你的来件是一种异样的欣慰。因为本刊的读者们都应该觉出时候已经很久的了。自从作人先生因为主政

《语丝》不再为本刊撰文，我接手编辑以来也快三个月了，但这还是第一次作人先生给我们机会接近他温驯的文体，这虽只是简短的校阅，我们也可以看出作人为学的勤慎与不苟，我前天偶然翻看上年的副刊，那时的篇幅不仅比现在的着实有分两，有"淘成"，并且有生动的光彩。那光彩便是作人先生的幽默与"爱伦内"——正像是镂空西瓜里点上了蜡烛发出来的光彩，亮晶晶，绿滟滟的讨人欢喜。啊！但是《晨报副刊》的漂亮的日子是过去的了，怕是永远过去的了？现在的本刊是另外一回事了：原轻灵的变了笨重，原来快爽的变了迂滞，原来甜的变了——我说不出是什么味儿的了。也许一半是时代的关系：正如十九世纪因为自我意识与阶级意识发动以来，十八世纪清平的听得见笑响的日子便不可多得。我们言论界自从人妖们当道叫孤桐先生的"大道"翻跟斗以来也就不得不带上丑怪的面具，帮着这丑怪的时期，唱完这一出丑怪的大戏。原来清白的本相正不知到几时才能复辟哩！不好，我竟写出感慨一类的废话来了。这是最冒犯幽默的，我得向作人先生道歉才是。话说回来，我们恳切盼望的是作人先生以及原先常在副刊露面的作者们不要完全忘了交情，不要因为暂时的不长进就永远弃绝了它，它还得仰仗你们的爱护，培植，滋润，好叫它将来的光彩（如其有那一天）是你们的欢喜，正如现时的憔悴应分是你们的忧愁。

志摩　附复

载商务印书馆香港分馆《徐志摩全集》第 5 册（1983 年 10 月）

徐志摩品诗

43

致 周 作 人

一九二六年一月二十六日

启明我兄：

绑了你的文章，读了你的信，又得了你的书，过好几天不曾回你，有罪有罪。你小伤风想早好了，借因在家中躲躲，也是好的。我想回南，偏逢道路难，这里俱乐部的重担就比是一件湿衣穿上身再也脱不下来，同时人家在旁边笑话，苦恼得很。你要我报答，给《语丝》一点东西，我还不敢随口答应，一来这副刊真不了每期得逼，这几时又特别来得笨，什么思想都凑和不上来，就想西湖看梅花去；二来我不敢自信，我如其投稿不致再遭《语丝》同人的嫌（上回的耳朵！）；三来似乎曾听说《语丝》有它一致的文体，像我这样烂拖拖的怕也镶不上。再说吧，也许有兴致给你们一碟杂碎，只是我得预先求你们诸大法家的宽容：

我妄想解释做和事老，谁想两头都碰钉子，还是你一边的软些，你只说无懈可解；那一边可是大不高兴，唬得我再也不敢往下问，改天许还看得见闲话，等着看罢。同时我却还有一句老实话，启明兄以为是否！谑固然不碍，但不当近虐；就近有许多东西玩笑开得似乎太凶了。说来我还是不明白我们这几个少数人何以一定有吵架的必要。我呢，也许是这无怀氏之民的脾胃，老是想把事情的分别看小看没了的。就说西滢吧，我是完全信得过他的，就差笔头太尖酸些不肯让人，启明兄你如其信得过我，按我说，也就不该对西滢怀疑，说来还不是彼此都是朋友？也许真是我笨，你们争执的份量我始终不曾看清楚。等吧，下文还有哪，我想。

见到凤举盼代问《国民日报》的副刊可否送我看看？

志摩敬候

一九二六年一月二十六日

方才看了半农的俏皮，别的我不管，有一条甚使我不安：就是凌女士那张图案，我不早就在"京副"上声明那完全是我疏忽之处，与她毫不相干，事实如此，人家又是神经不比蠢男子冥顽，屡次来向我问罪，这真叫我狼狈万分。启明兄，你有法子替我解围否？如有，万分的感谢。

摩

载天津人民出版社《鲁迅研究资料》第4辑(1983年1月)

致 林 徽 音

一九三一年七月七日

徽音：

我愁望着云泞的天和泥泞的地，直担心你们上山一路平安。到山上大家都安好否？我在记念。

我回家累得直挺在床上，像死人——也不知哪来的累。适之在午饭时说笑话，我照例照规矩把笑放上嘴边，但那笑仿佛离嘴有半尺来远，脸上的皮肉像是经过风腊，再不能活动！

45

徐志摩品诗

下午忽然诗兴发作,不断的抽着烟,茶倒空了两壶,在两小时内,居然诌得了一首。哲学家上来看见,端详了十多分钟,然后正色的说"It is one of you very best."但哲学家关于美术作品只往往挑错的东西来夸,因而,我还不敢自信,现在抄了去请教女诗人,敬求指正!

雨下得凶,电话电灯会断。我讨得半根蜡,匍伏在桌上胡乱写。上次扭筋的脚有些生痛。一躺平眼睛发跳,全身的脉搏似乎分明的觉得。再有两天如此,一定病倒——但希望天可以放晴。

思成恐怕也有些着凉,我保荐喝一大碗姜糖汤,妙药也!宝宝老太都还高兴否?我还牵记你家矮墙上的艳阳。此去归来时难说完,敬祝山中人"神仙生活",快乐康强!

脚疼人 洋郎牵(洋)牛渡(洋)河夜

你 去

你去,我也走,我们在此分手;

你上那一条大路,你放心走,

你看那街灯一直亮到天边,

你只消跟从这光明的直线!

你先走,我站在此地望着你:

放轻些脚步,别教灰土扬起,

我要认清你远去的身影,

直到距离使我认你不分明。

再不然,我就叫响你的名字,

不断的提醒你,有我在这里,

为消解荒街与深晚的荒凉，

目送你归去……

不，我自有主张，

你不必为我忧虑；你走大路，

我进这条小巷。你看那林树，

高抵着天，我走到那边转弯，

再过去是一片荒野的凌乱；

有深潭，有浅洼，半亮着止水，

在夜芒中像是纷披的眼泪；

有乱石，有钩刺胫踝的蔓草，

在守候过路人疏神时绊倒，

但你不必焦心，我有的是胆，

凶险的途程不能使我心寒。

等你走远，我就大步的向前，

这荒野有的是夜露的清鲜；

也不愁愁云深裹，但求风动，

云海里便波涌星斗的流泷；

更何况永远照彻我的心底，

有那颗不夜的明珠，我爱——你！

七月七日

选自《林徽音文集·文学卷》，(台湾)天下文化出版社2000年版收

徐志摩品诗

汤麦司哈代的诗①

一

跟着我来一同老!

最好的年份还不曾到。

上帝说:我"计画了一个整个儿的,

青年只展露了一半;

信任主者:看一个整的,更不须怕惧! "

Grow old along with me!

The best is yet to be,

Who saith"A whole I planned,

Youth shows but half; trust God: See all, nor be afraid! "

---

①汤麦司哈代:Thomas Hardy,今译汤姆斯·哈代。

这是西方诗人赞美老年的名句；这不是气馁了自慰的呼声，也不是自己躲在路旁喘息，却来鼓励旁人向前的诡辩——这是生命的烈焰，依旧燃烧着，生命的灵泉，依旧流动着，自觉心与自信心满溢着的表现：

Youth ended, I shall try

My gain or loss thereby:

Leave the fire ashes, what survives is gold:

Young, all lay in dispute; I shall know, being old.

青年完了，我要知道

这是我的损失还是利益；

烧剩的火灰算了，烧不烬的便是黄金：

年轻，什么都是争论；

老了，如今什么都见分明。

这不是苏东坡酒后的朱颜，也不是西方人说的擦热了面皮假装健康的色彩。这是丈夫的精神，还是壮健的人生观！我们东方的诗人，为什么便那样的颓唐？真的老年不须说，就是正当少年的，亦只在耗费他吟咏的天才，不是自怜他的"身世"，便是计算他未来的白发！

我疑心这不仅是诗文的呻吟病传染的结果，我怕是我们民族的一个症候。斯宾塞的格言——健康的心智寄寓于健康的身体——不定是绝对的，但个人的创作力与个人的活力，许有内隐与外现的类别，有极密切的因果关系，我们却不能不承认。我每次会见西欧的"文坛老将"

(Veteran writers),面对着矍铄的精神与磅礴的气概,我钦佩心理的后背总有一幅对比的影像,一个弯腰曲背残喘苟延的中国老翁!就我们民族看,年纪的重量不仅压坏人的腰背,就连心智的能力,也永绝了伸展的希望。为什么在现在的世纪,思想像浪花似的翻新着式样,西欧的民族里总有少数的天才,永远卓立在思潮的前驱,永远不受时代移转的影响,永远不屈伏于时间的重压,永远葆存着心灵的青春?我们只要想起法国的佛朗士,德国的霍卜曼,英国的萧伯纳,卡本德,霭理斯;再比照的想起我们的"圣人"与译述的"文豪"——就知道我们物质贫乏的背后,还躲着更可耻的心灵贫乏哩!他们的须发也许变白了,他们的创造力却永远是青的;他们的筋骨也许变硬了,但他们的心智却永远是柔和的。在他们是——真如勃朗宁说的——拨开了灰烬,炼成了纯金;在我们只是耗尽了资本,养成了废物!

过去的锁闭的时代不必说,就如现在解放了的青年,给我们的印象也只是易荣易萎的春花,山石间轻嗤的涧水,益发增加我们想见茂荫大木的忧心,想见"黄河之水天上来,奔流到海不复还"的气象。我现在要研究的诗人,他一生不绝的创造之流便是近代文艺界里可惊的一个现象,不但东方艺术史上无有伦比,即在西欧亦是件不常有的奇事。

二

哈代就是一位"老了什么都见分明"的异人。他今年已是八十三岁的老翁。他出身是英国南部道塞德(Dorset)地方的一个乡人,他早年是学建筑的。他二十五岁(?)那年发表他最初的著作"Desperate Remedies",五十七岁那年印行他最后的著作"The Well-beloved",在这三十余年间他继续的创作，单凭他四五部的长篇（Jude the Obscure；Tess of the D'urberville；Return of the Native；Far from the Madding Crowd），他在文艺界的位置已足够与莎士比亚，鲍尔札克并列。在英国文学史里，从"哈姆雷德"到"裘德"(Jude)仿佛是两株光明的火树，相对的辉映着，这三百年间虽则不少高品的著作，但如何能比得上这伟大的两极，永远在文艺界中，放射不朽的神辉。再没有人，也许陀斯妥也夫斯基除外，能够在艺术的范围内，孕育这样想像的伟业，运用这样宏大的题材，画成这样大幅的图画，创造这样神奇的生命。他们代表最高度的盎格鲁撒克逊天才，也许竟为全人类的艺术创造力，永远建立了不易的标准。

　　但哈代艺术的生命，还不限于小说家，虽则他三十年散文的成就，已经不止兼人的精力。一八九七年那年他结束了哈代小说家的使命，一八九八那年，他突然的印行了他的诗集，"Wessex Poems"。他又开始了，在将近六十的年岁，哈代诗人的生命。散文家同时也制诗歌原是常有的事：Thackcry，Ruskin，George Eliot，Macaulay，the Brontes，都是曾经试验过的。但在他们是一种余闲的尝试，在哈代却是正式的职业。实际上哈代的诗才在他的早年已见秀挺的萌芽(他最早的诗歌是二十五六岁时作的)。只是他在以全力从事散文的期间内，不得不暂遏歌吟的冲动，隐密的培养着他的诗情，眼看着维多利亚时代先后相继的诗人，谭宜孙、勃郎宁、史文庞、罗刹蒂、莫利斯，各自拂拭他们独有的弦琴，奏演他们独有的新曲，取得了胜利的桂冠，重复收敛了琴响与歌声，在余音缥缈中，向无穷的大道上走去。这样热闹的过景，他只是间暇的不羡慕的看着，但他成熟的心灵里却已渐次积成了一个强烈的反动。维多利亚时代的太平与顺利，产生了肤浅的乐观，庸俗的哲理与道德，苟且的习惯,美丽的阿媚群众的诗句——都是激起哈代反动的原因。他积蓄着他的诗情与谐调,直到十九世纪将近末年,维多利亚主义渐次的衰歇,诗艺界忽感空乏的时期,哈代方始与他的诗神缔结正式的契约,换一种艺术的形式,外现他内蕴的才力。一九〇二年他印他的"Poems of the Past and Present",又隔八年印他的"Time's Laughing Stocks"。在这八年间,他创制了一部无双的杰作——"The Dynasts",分三次印行,写拿破仑的史迹总计一百六十余幕的伟剧,这是一件骇人的大业。欧战开始后,他又印行一本诗集,题名"Satires of Circumstance"。一九一八年即欧战第四年又出"Moments of Vision"。去年(一九二二)又出他最后的诗集"Late Lyrics and Earlier"。到现在为止,除了三本诗剧,共有六大册诗集,是他二十年来诗的成绩,他现在虽已八十三岁,我们却不能拿年岁来断定他的诗艺的生命;实际上他最近的诗歌并没有力量渐衰的痕迹,我们正应得盼望这只"希腊的神鸟"永远舒展着高亢的歌音,弥漫寂寞的长空!我手头没有他的全集,也没有相当的时间,所以只能勉竭我短视的目光,偷觑这位大天才的神彩,勉强我极粗笨的手笔,写述我私人的欣赏。

三

六十年继续的创造的生涯!六十年继续的心灵活动,继续的观察,描写,考虑,分析,解释,问难,天地间最伟大的两个现象,"自然"与"人生";六十年继续的,一贯的寻求,寻求人生问题的一个解答!他是个真的思想家:他不是在空虚的整套的名词砌成的暗弄中摸索,不是在暗房里捉黑猫;他是运用他最敏锐的心力来解剖人类的意志与情感,写实的不是幻想的,发现平常看不见的锁链,自然界潜伏着的势力,看不见的威权,无形的支配着人生的究竟,无形的编排着这出最奥妙的戏剧,悲与趣互揉的人生。

哈代的名字,我们常见与悲观厌世"写实派"等字样相联;说他是个悲观主义者,说他是个厌世主义者,说他是个定命论者,等等。我们不抱怨一般专拿什么主义什么派别来区别,来标类作者;他们有他们的作用,犹之旅行指南,舟车一览等也有他们的作用。他们都是一种"新发明的便利"。但真诚的读者与真诚的游客却不愿意随便吞咽旁人嚼过的糟粕;什么都得亲口尝味。所以即使哈代是悲观的,或是勃郎宁是乐观的,我们也还应得费工夫去寻出他一个"所以然"来。艺术不是科学,精采不在他的结论,或是证明什么;艺术不是逻辑,在艺术里,题材也许有限,但运用的方法各各的不同;不论表现方法是什么,不问"主义"是什么艺术,作品成功的秘密就在能够满足他那特定形式本体所要求满足的条件,产生一个整个的完全的,独一的审美的印象抽象的形容词,例如悲观浪漫等等,在用字有轻重的作者手里,未始没有他们适当的用处,但如用以概状文艺家的基本态度,对生命或对艺术,那时错误的机会就大了。即如悲观一名词,我们可以说叔本华的哲学是悲观的,夏都勃理安(Chateau Briand)是悲观的,理巴第的诗是悲观的,马尔萨斯的《人口论》是悲观的,或是哈代的哲学是悲观的。但除非我们为这几位悲观的思想家各个的下一个更正确的状词,更亲切的叙述他们思想的特点,仅仅悲观一个字的总冒,绝对不能满足我们对这各作者的好奇心。在现在教科书式的文学批评盛行的时代,我们如其真有爱好文艺的热诚,除了耐心去直接研究各大家的作品,为自己立定一个"口味"(Taste)的标准,再没有别的速成的路径了。

徐志摩品诗

"哈代是个悲观主义者"，这话的涵义就像哈代有了悲观或厌世的成心，再去做他的小说，制他的诗歌的。"成心"是艺术的死仇，也是思想大障。哈代不曾写《裴德》来证明他的悲观主义，犹之雪莱与华茨华士不曾自觉的提倡"浪漫主义"，或"自然主义"。我们可以听他自己的辩护，去年他印行的那诗集"Late Lyrics and Earlier"的前面作者的自叙里，有辨明一般误解他基本态度的话，当时很引起文学界注意的，他说他做诗的本旨，同华茨华士当时一样，决不为迁就群众好恶的习惯，不是为讴歌社会的偶像。什么是诚实的思想家，除了大胆的，无隐忌的，袒露他的疑问，他的见解，人生的经验与自然的现象，影响他心灵的真相？百年前海涅说的"灵魂有她永久的特权，不是法典所能翳障，也不是钟声的乐音所能催眠。"哈代但求保存他的思想的自由，保存他灵魂永有的特权。——保存他的 Obstinate Questionings（倔强的疑问）的特权。实际上一般人所谓他的悲观主义（Pessimism），其实只是一个人生实在的探险者的疑问；他引证他一首诗里的诗句——

If way to the better there be,

it exacts a full look at the worst.

这话是现代思想家，例如罗素，萧伯纳，华理士常说的，也许说法各有不同；意思就是："即使人生是有希望改善的，我们也不应故意的掩盖这时代的丑陋，只装没有这回事。实际上除非澈底的认明了丑陋的所在，我们就不容易走入改善的正道。"一般人也许很愿意承认现世界是"可能的最好"，人生是有价值的，有意义的，有希望的，幸福与快乐是本分，不幸与挫折是例外或偶然，云雾散了还是青天，黑夜完了还是清晨。

但这种肤浅的乐观,当然经不起更深入的考案,当然只能激起澈底的思想家的冷笑;在哈代看来,这派的口调,只是"骷髅面上的笑容"!

所以如其在哈代的诗歌里,犹之在他的小说里,发现他对于人生的不满足;发现他不倦的探讨着这猜不透的迷谜,发现他的暴露灵魂的隐秘与短处;发现他悲慨阳光之暂忽,冬令的阴霾;发现他冷酷的笑声与悲惨的呼声;发现他不留恋的戳破虚荣或剖开幻象;发现他尽力的描画人类意志之脆薄与无形的势力之残酷;发现他迷失了"跳舞的同伴"的伤感;发现他对于生命本体的嘲讽与厌恶;发现他歌咏"时乘的笑柄"或"境遇的讽刺",在他只是大胆的,无畏的尽他诗人,思想家应尽的责任,安诺德所谓 Application of ideas to life,在他只是露他"内在的刹那的彻悟";在他只是反映着,最深刻的也是最真切的,这时代心智的度量;我们如其一定要怪嫌什么,我们还不如怪嫌这不完善的人生,一切文艺最初最后的动机!

至于哈代个人的厌世主义,最妙的按语是英国诗人老伦士平盈(Laurence Binyon)的,他说:如其他真是厌世,真是悲观,他也决不会得不倦不厌的歌唱到白头,背上抗着六十年创造文艺的光明。一个作者的价值,本来就不应得拿他著作里表现的"哲理"去品评;我们只求领悟他创造的精神,领悟他,扩张艺术的境界与增富人类经验的消息。况且老先生自己已经明言的否认他是什么悲观或厌世;他只是,在这六十年间,"倔强的疑问"着。

四

我手头有的就只他的一本诗选 ("Selected Poems of Thomas

55

徐志摩品诗

Hardy"——Golden Treasury Series）和他最后出的那本集子（Later Lyrics and Earlier——1922）。很可惜有几首应得引用的诗都不在这里，譬如 "The Tramp Woman"、"The Church Clock"（Samuel C.Chew: Thomes Hardy）、"On Shakespeare"（？）"My Cicely"、"The Widow"。

如其你早几年，也许就是现在，到道骞司德的乡下去，你或许碰得到《裴德》的作者，一个和善可亲的老者，穿着短裤便服精神飒爽的，短短的脸面，短短的下颏，在街道上闲暇的走着，招呼着，答话着，你如其过去问他卫撒克士（Wessex）小说的名胜，他就欣欣的从详指点讲解；回头他一扬手，已经跳上了他的自行车，按着车铃，向人丛里去了。我们读过他的著作的，更可以想像这位貌不惊人的圣人，在卫撒克士广大的、起伏的草原上，在月光下，或在晨曦里，深思地徘徊着。天上的云点，草里的虫吟，远处隐约的人声都在他灵敏的神经里印下不磨的痕迹；或在残败的古堡里拂试乱石上的苔青与网结；或在古罗马的旧道上，冥想数千年铜盔铁甲的骑兵曾经在这日光下驻踪，或在黄昏的苍茫里，独倚在枯萎的大树下，听前面乡里的青年男女，在笛声琴韵里，歌舞他们节会的欢欣；或在开茨或雪莱或史文龙的遗迹，悄悄的追怀他们艺术的神奇……在他的眼里，像在高蒂闲（Theophile Gautier）的眼里，这看得见的世界是活着的，在他的"心眼"（The Inward Eye）里，像在他最服膺的华茨华士的心眼里，人类的情感与自然美好的景象是相联合的；在他的想像里，像在所有大艺术家的想像里，不仅伟大的史迹，就是眼前最琐小最暂忽的事实与印象，都有深长，奥妙的意义，平常人所忽略或竟不能窥测的。从他那八十年不绝的心灵生活——观察，考量，揣度，会悟，印证，——从他那八十年不懈不弛的真纯经验里，哈代，像春蚕吐丝制茧似的，抽绎他最微妙最轻灵最可爱的音乐，纺织他最缜密最鲜艳最经久的诗歌——这是他献给我们可珍的礼物。

所以哈代乡土的色彩，给我们最深的印象。在他的诗文里，卫撒克士，从前一个冷落的少人注意的区域，取得了不朽的生命，犹之西北部的"湖区"（Lake District）在华茨华士的诗歌里留存了不磨的纪念。莎士比亚是最广博最普遍的艺术家，但同时他也是最富于地方彩色的作者。哈代所创造的艺术世界之广博与普遍，我们只能想起世上最伟大的作者去比拟他。但同时又有谁，除了莎士比亚，我们可以承认最是代表英民族特有的天才？没有真伟大的艺术家可以鄙弃他所从来的乡土；艺术的原则是从特殊的事物里去求普遍的共性，这共性就是真理；其实，在艺术的范围里，也只有从剥尽个性的外皮，方可以见到真理的内核。所以哈代书里的主人公，男的女的，老的小的，没有一个不在他的品格里带着卫撒克士的护照。但同时那一个不是纯粹人道的标本，那一个不要求我们"艺术真"的认识？

哈代的诗，与华茨华士或与他同代的满垒狄士（George Meredith）的诗是绝对的不相同；但他诗艺的灵感的泉源与原则，却是分明与他们的可比：他们都以自然为他们艺术的对象，以人生为组成有灵性的自然的一个原素。我们可以说他们的态度与方法是互补的：华茨华士与满垒狄士看着了阳光照着的山坡涧水，与林木花草都在暖风里散布他们的颜色与声音与香味——一个黄金的世界，日光普照着的世界；哈代见的却是山的那一面，一个深黝的山谷里。在这山冈的黑影里无声的息着，昏夜的气象，弥布着一切，威严，神秘，凶恶。所以华茨华士大声的宣布：

We live by Hope,Admiration and Love.

他诗里形容神灵的自然最雄伟的诗句是：

The mighty Being is awake,

And doth with her eternal motion make

A sound like thunder,everlastingly.

或是满垒狄士，他永远的不怀疑人生的趣味——

Sweet as Eden is the air,

And Eden—Sweet the ray.

他自己就是个"上腾的百灵"(The Lark Ascending)。但哈代到了最颓丧的时刻，竟至于愤懑的喊道：

"Mankind shall cease—So let it be."

他的自然的概念也是华茨华士的反面，他看这宇宙只是个神灵灭绝了的躯壳，存下冷酷的时间与盲目的事变。像一群恶魔似的驱逐着，戏弄着无抵抗的人生！

所以他思想的途向与维多利亚中期的同时者所取由的，分明是相背的，在春朝群鹊的欢噪里，秋雁在云外的哀鸣是不能谐合的。他的忍耐是酬报的，如其他早二十几年便露布他的诗歌，那时决不会引起他应得的注意，至多不过取得一个与"痉挛派诗人"(The Spasmodics)相似的知名，也许竟至阻碍他那无双的诗剧的成功。况且他又在

58

史文庞的身上寻得了一个最强有力的知己，与他一样的厌恶维多利亚主义之庸俗，一样的反抗物质胜利的乐观论调，一样的厌烦盛行的嚣情主义(Sentimentalism)，在他的前面开放了瀑布似的大声，预报思想与文艺的转向；等到一般的歌音已经流水似的消淡了，他的(史文庞的)还是——

"Thine swells more and more."

所以无怪他对史文庞那样热烈的同情与崇拜——

    I...read with a quick glad surprise

       New words,in classic guise,——

    The passionate pages of his earlier years,

    Fraught with hot sighs,and laughters,

       Kisses,tears;

    Fresh−fluted notes,yet from a minstrel who

    Blew them not natively,but as one who know

       Full well why thus he blew.

           ——"A singer asleep"，1910.

"这新鲜的歌调不是偶然吹到的,而是自觉的艺术家表现他新思想正确的语言",这几行诗句意译了,我们正可以当作哈代自傲的陈词。

哈代与史文庞都是孤高的歌吟者；他们诗歌的内容既与维多利亚主义分野,他们诗歌的形式也是创作。哈代最爱卫撒克士民歌的曲调及农村的音乐,他从小就听熟的,后来影响他的诗艺甚深。

他诗段变化(Stanzaic variation)的试验最多,成功亦很显著,他的

59

原则是用诗里内蕴的节奏与声调,状拟诗里所表现的情感与神态。我们念他的"Lizbie Browne"或是"Two Wives"或是"Tess's Lament",或是"Dynasts"里的歌调,便可以知道艺术家刻苦的匠心。

五

我们现在来看:哈代为什么人家都说他是悲观或厌世;究竟他的诗可以沉闷到什么程度;究竟他是否应得这样的一个称号。最烦恼他的是:

> The eternal question of what life was,
> And why we were here,and by whose strange laws
> That which mattered most could not be.

最烦恼他的是这终古的疑问,人生究竟是什么?我们为什么要活着?既然活着了,为什么又有这种种的阻碍? 使我们最想望的最宝贵的不得自由的实现。我先引用他有名的那首"Yell'ham-Woods Story"——

> Coomb-firtress say that Life is a moan,
> And Clyffe-hill Clump says"Yea! "
> But Yell'ham says a thing of its own,
> It's not "Gray, gray
> Is Life alway! "
> That Yell'ham says,

Nor that Life is for ends unknown.

It says that Life would signify

A thwarted purposing

That we come to live,and are called to die.

Yes,that's the thing

In fall,in spring,

That Yell'ham says:——

"Life offers—to deny! "

"一个挫折了的意志"(A thwarted purposing),"生命付与了——终还撤销"(Life offers—to deny),"证实生命的意义与价值那一点，偏偏的不能实现。"(That which mattered most could not be.)

这一点究竟是什么——也许是理想的恋爱,也许是理想的自由? ——哈代始终不曾明白的说出;他只是反覆的申说生命现在的可能不能使他满意,不能使他信仰。《我对爱神说》(I Said to Love)那首诗的末了一节,诗人的愤慨到了极端了——

"Depart then,Love! ...

−Man's race shall perish,threatenest thou,

Without thy kindling coupling−vow?

The age to come the man of now

know nothing of ? ——

We fear not such a threat from thee;

We are too old in apathy!

徐志摩品诗

Mankind shall cease.——So let it be,"

    I said to Love.

哈代有时竟可以这样极端的狠毒，这样的斩钉截铁——"人类必定灭绝——也就让他去休"——同样的愤慨，他在"Jude the Obscure"里，借"裘德"那古怪的儿子 Father Time 的说话与行为尽情的发泄。那部书的后半，神经稍为软弱些的读者竟有些"受不了"，也就为此。

但有时，我们也可以在他倔强的疑问中听出比较的温驯，近人情的语气，比如他的"To Life"——

O Life with the sad seared face,

    I weary of seeing thee,

And thy draggled cloak,and thy hobbling pace,

    And thy too-forecd pleasantry!

I know what thou would'st tell

    Of Death Time,Destiny——

I have known it long,and know,too,well

    What it all means for me.

    But canst thou not array

    Thyself in rare disguise,

And feign like truth,for one mad day,

    That earth is paradise?

I'll turn me to the mood,

    And mumm with thee till eve;

And maybe what as interlude

    I feign,I shall believe!

这实在是极可怜的语声! 一个人在生活里总得有一个依据,有一个感情的中心,不论是上帝是金钱或是恋爱,总得有一个不曾消灭的幻象,鬼磷似的在他的面前闪亮着,仿佛说"还有希望,跟我来吧。"哈代这首诗是写一个人对于生命一切的依据与信仰都没有了,一切的幻景都破灭了;但他又不能在这绝对的"价值——无"与"标准——无"的生活里呼吸,所以他又不得已又来觋觎的与设想的生命讲价,与他商量情愿讨回一张撕破了的面具来遮盖绝对的空虚,重新借一个虚幻的景象,来鼓励他继续生活的勇气;他甚至于卑伏的自认,也许他的已经倒偃了的信仰,竟有机会重竖起来都还难说!

    《在树林里》(In a Wood)的那首诗,也是代表作者在"不得已"中求强勉的得已的苦衷。

In a Wood

Pale beech and pine so blue,

    Set in one clay,

Bough to bough cannot you

    Live out your day?

When the rains skim and skip,

Why mar sweet comradeship,

Blighting with poison—drip

　　Neighbourly spray?

Heart—halt and spirit—lame,

　　City opprest,

Unto this wood I came

　　As to a nest;

Dreaming that sylvan peace

Offered the harrowed ease——

Nature a soft release

　　From men's unrest.

But,having entered in,

　　Great growths and small

Show them to men akin——

　　Combatants all!

Sycamore shoulders oak,

Bines the slim sapling yoke,

Ivy—spun halters choke

　　Elms stout and tall.

Touches from ash,O wych,

　　Sting you like scorn!

You,too,brave hollies,twitch

　　Sidelong from thorn.

Even the rank poplars bear

Lothly a rival's air,

Cankering in black despair

　　If overborne.

Since,then,no grace I find

　　Taught me of trees,

Turn I back to my kind,

　　Worthy as these.

There at least smiles abound,

There discourse trills around,

There,now and then, are found

　　Life loyalties.

1887—1896

最初他饱受了生活的烦闷与压迫,想起安宁的自然或者可以给他慰藉,他就走入了一个静定的树林,心想这样的 Sylvan peace,这样温柔的境界,当然能够舒解他心里的烦恼。但是他在林中仔细观察时只见:

Great Growths and small

　　Show them to men akin——

Combatants all!

下面两节列述他所见植物界生存竞争的惨剧,逼迫他急急的逃出了树

65

林，从此再不向自然讨慰安，还是——

> Turn I back to my kind,
>> Worthy as these.
> There at least smiles abound.
> There discourse trills around,
> There,now and then,are found
>> Life—loyalties.

我们再读他的《希望歌》(Song of Hope)：

Song of Hope

O sweet To—morrow! ——
> After to- day
> There will away
This sense of sorrow.
Then let us borrow
Hope,for a gleaming
Soon will be streaming
> Dimmed by no gray——
> No gray!
While the winds wing us
> Sighs from the gone,
> Nearer to dawn

Minute—beats bring us;

When there will sing us

Larks, of a glory

Waiting our story

Further anon——

    Anon!

Doff the black token,

    Don the red shoon,

    Right and retune

Viol—strings broken;

Null the words spoken

In speeches of rueing,

    To—morrow shines soon——

    Shines soon!

再念他轻灵如竹林里流水声的小调——

First or Last(Song)

If grief come early

    Joy comes late,

If joy come early

Grief will wait;

    Aye, my dear and tender!

徐志摩品诗

Wise ones joy then early

While the cheeks are red,

Banish grief till surly

Time has dulled their dread.

And joy being ours

Ere youth has flown,

The later hours

May find us gone;

    Aye,my dear and tender!

这差不多到了我们"行乐及时"的老话了。

　　但他也有时几于疑问他自己的疑问,有时他专看黑影的视觉,竟瞥到了刹那间的光明, 他几于跳出了他的灰色的 "迷圈"。在"The Darkling Thrush"那首诗里,例如,他就逢到了这样一个境界:大冷天天惨地暗的,一些生气都寻不着,干确的地皮僵直的横着像是这"世纪的尸体",低压的云与悲嚎的风像他的帐幕与哭声,在这个光景里,忽然——

A voice arose amony

    The bleak twigs overhead

In a full—hearted even song

    Of joy illimited;

An aged thrush,frail,gaunt and small,

    In blast—beruffled plume,

Had chosen thus to fling his soul

    Upon the growing gloom.

So little cause for carollings

    Of such estatic sound

Was written on terrestrial things

    After or nigh around,

That I could think there trembled through

    His happy good-night air

Some blessed hope,where of he knew

    And I was unaware.

——Dec.1900

在那样荒凉的一幅冬景里,那只"上年纪的冬雀",正应得与他的同伴噤声的躲在巢里守寒,即使要放歌声,他也得怨诉他的饥与寒,或是咒诅天地的沉闷——他哪里来的无限的欢欣?那雀儿,欢畅的歌声,引起我们诗人的疑问:难道在这寒惨的气氲里,果真有什么可喜的消息,无形的传布着,虽则我看不见听不出,也许雀儿他倒知道的呢?所以我们长于咒诅的诗翁,也一度取下了他的眼镜,仔细的拂拭个干净,疑心玻璃上积着的尘埃或水气牵强了他所见的事物,冤了他的观察!

六

读哈代的诗,不仅感觉到 That which mattered most could not be 的悲哀,并且仿佛看得见时间的大喙,凶狠的张着,人生里难得有刹那的断片的欢娱与安慰与光明，他总是不容情的吞了下去，只留下黑影似的记忆，在寂寞的风雨夜，在寂寞的睡梦里，刑苦你的心灵，嘲笑你的希望。

哈代老年的诗，很多是旧情与旧景的追忆；他仿佛是独立在光阴不尽的长桥上，吹弄着最动人的笛音，从雾霾重裹的一端，招回憧憧的鬼影，这是三十年前灯下的微笑，这是四十年前半夜里待车时的雨声，这是被现实剐残了的理想，这是某处山谷中回响的松涛，这是半凉了的美感，这是想像遗忘了的婴孩……

我这样录他这类性质最有名的 Beyond the Last Lamp：——

Beyond the Last Lamp

(Near Tooting Common, London)

(1)

While rain, with eve in partnership,

Descended darkly, drip, drip, drip,

Beyond the last lone lamp I passed

Walking slowly, whispering sadly,

Two linked loiterers, wan, downcast:

Some heavy thought constrained each face,

And blinded them to time and place.

(2)

The pair seemed lovers, yet absorbed

In mental scenes no longer orbed

By love's young rays. Each Countenance

As it slowly,as it sadly

Caught the lamplight's yellow glance,

Held in suspense a misery,

At things which had been or might be.

(3)

When I retrod that watery way

Some hours beyond the droop of day,

Still I found pācing there the twain

Just as slowly, just as sadly,

Heedless of the night and rain.

One could but wonder who they were

And what wild woe detained them there.

(4)

Though thirty years of blur and blot

Have slid since I beheld that spot,

And saw in curious converse there

Moving slowly,moving sadly,

That mysterious tragic pair,

Its olden look may linger on——

All but the couple;they have gone.

(5)

Whither? who knows,indeed...and yet

To me,when nights are weird and wet,

Without those comrades there at tryst

徐
志
摩
品
诗

71

Creeping slowly,creeping sadly,

That lone lane does not exist.

There they seem brooding on their pain,

And will,while such a lane remain.

　　这真是诗人里的代珈(Degas)！如其我们在代珈的画里，——跳舞场艳色灯光下的裙影与捷舞，枯坐在咖啡馆外罪恶与懊丧的面色——看出了文明社会败象的警告；我们在哈代这首诗的意境里——荒凉的街道，惨白的街灯，淅沥的雨声，一双私语着的人影，在这悲惨的背景里，迟缓的，永远的徘徊着——岂不也感悟到更深刻的意义，在诗的音节里潜隐着？

　　　　　　载上海《东方杂志》第 21 卷第 2 期(1924 年 1 月 25 日)

哈代的悲观

哈代的名字,我国常见与悲观厌世等字样相联;说他是个悲观主义者,说他是个厌世主义者,说他是个定命论者,等等。我们不抱怨一般专拿什么主义什么派别来区分,来标类作者;他们有他们的作用,犹之旅行指南,舟车一览等也有他们的作用。他们都是一种"新发明的便利"。但真诚的读者与真诚的游客却不愿意随便吞咽旁人嚼过的糟粕;什么都得亲口尝味。所以即使哈代是悲观的,或是勃郎宁是乐观的,我们也还应得费工夫去寻出他一个"所以然"来。艺术不是科学,精彩不在他的结论,或是证明什么;艺术不是逻辑。在艺术里,题材也许有限,但运用的方法各各的不同;不论表现方法是什么,不问"主义"是什么,艺术作品成功的秘密就在能够满足他那特定形式本体所要求满足的条件,产生一个整个的完全的独一的审美的印象抽象的形容词,例如悲观浪漫等等,在用字有轻重的作者手里,未始没有他们适当的用处,但如用以概状文艺家的基本态度,对生命或对艺术,那时错误的机会就大了。即如悲观一名词,我们可以说叔本华的哲学是悲观的,夏都勃理安是悲观的,理巴第的诗是悲观的,马尔萨斯的人口论是悲观的,或是哈代的哲学是悲观的;但除非我们为这几位悲观的思想家各下一个更正确的状词,更亲切的叙述他们思想的特点,仅仅悲观一个字的总冒,绝对不能满足我们对这各作者的好奇心。在现在教科书式的文学批评盛行的时代,我们如其真有爱好文艺的热诚,除了耐心去直接研究各大家的作品,为自己立定一个"口味"(Taste)的标准,再没有别的速成的路径了。

"哈代是个悲观主义者",这话的涵义就像哈代有了悲观或厌世的成心,再去做他的小说,制他的诗歌的。"成心"是艺术的死仇,也是思想的大障。哈代不曾写裘德来证明他的悲观主义,犹之雪莱与华茨华士不曾自觉的提倡"浪漫主义"或"自然主义"。我们可以听他自己的辩护。去年他印行的那本诗集(Late Lyrics and Earlier)的前面作者的自叙里,有辨明一般误解他基本态度的话,当时狠引起文学界注意的,他说他做诗的本旨,同华茨华士当时一样,决不为迁就群众好恶的惯习,不是为讴歌社会的偶像。什么是诚实的思想家,除了大胆的,无隐讳的,袒露他的疑问,他的见解,人生的经验与自然的现象影响他心灵的真相?百年前海涅说的"灵魂有她永久的特权,不是法典所能翳障,也不是钟声的乐音所能催眠"。哈代但求保存他的思想的自由,保存他灵魂永有的特权——保存他的 Obstinate questionings(崛强的疑问)的特权。实际上一般人所谓他的悲观主义(Pessimism)其实只是一个人生实在的探检者的疑问;他引证他一首诗里的诗句:

If way to the better there be,it exacts a full look at the worst.

这话是现代思想家,例如罗素,萧伯讷,华理士常说的,也许说法各有不同;意思就是:"即使人生是有希望改善的,我们也不应故意的掩盖这时代的丑陋,只装没有这回事。实际上除非澈底的认明了丑陋的所在,我们就不容易走入改善的正道。"一般人也许狠愿意承认现世界是

"可能的最好",人生是有价值的,有意义的,有希望的,幸福与快乐是本分,不幸与挫折是例外或偶然,雪雾散了还是青天,黑夜完了还是清晨。但这种浅薄的乐观,当然经不起更深入的考案,当然只能激起澈底的思想家的冷笑;在哈代看来,这派的口调,只是"骷髅面上的笑话"!

所以如其在哈代的诗歌里,犹之在他的小说里,发现他对于人生的不满足;发现他不倦的探讨着这猜不透的迷谜,发现他暴露灵魂的隐秘与短处;发现他的悲慨阳光之暂忽,冬令的阴霾;发现他冷酷的笑声与悲惨的呼声;发现他不留恋的戡破虚荣或剖开幻象;发现他尽力的描画人类意志之脆薄与无形的势力之残酷;发现他迷失了"跳舞的同伴"的伤感;发现他对于生命本体的嘲讽与厌恶;发现他歌咏"时乘的笑柄"或"境遇的讽刺",在他只是大胆的,无畏的尽他诗人,思想家应尽的责任,安诺德所谓 Application of ideas to life;在他只是披露他"内在的刹那的彻悟":在他只是反映着,最深刻的也是最真切的,这时代心智的度量。我们如其一定要怪嫌什么,我们还不如怪嫌这不完善的人生,一切文艺最初最后的动机!

至于哈代个人的厌世主义,最妙的按语是英国诗人老伦士平盈(Laurence binyon)的,他说:如其他真是厌世,真是悲观,他也决不会得不倦不厌的歌唱到白头,背上抗着六十年创造文艺的光明。一面作者的价值,本来就不应得拿他著作里表现的"哲理"去品评;我们只求领悟他创造的精神,领悟他扩张艺术境界与增富人类经验的消息。况且老先生自己已经昌言的否认他是什么悲观或厌世;他只是,在这六十年间,"崛强的疑问"着。

载上海《新月》杂志第 1 卷第 1 号(1928 年 3 月)

拜伦①

荡荡万斛船,影若扬白虹;

自非风动天,莫置大水中。

——杜甫

今天早上,我的书桌上散放著一垒书,我伸手提起一枝毛笔蘸饱了墨水正想下笔写的时候,一个朋友走进屋子来,打断了我的思路。"你想做什么?"他说。"还债,"我说,"一辈子只是还不清的债,开销了这一个,那一个又来,像长安街上要饭的一样,你一开头就糟。这一次是为他,"我手点著一本书里 Westall 画的拜伦像(原本现在伦敦肖像画院)。"为谁,拜伦! "那位朋友的口音里夹杂了一些鄙夷的鼻音。"不仅做文章,还想替他开会哪,"我跟着说。"哼,真有工夫,又是戴东原那一套! "——那位先生发议论了——"忙著替死鬼开会演说追悼,哼! 我们自己的祖祖宗宗的生忌死忌,春祭秋祭,先就忙不开,还来管姓呆姓摆的出世去世;中国鬼也就够受,还来张罗洋鬼! 那国什么党的爸爸死了,北京也听见悲声,上海广东也听见哀声;书呆子的退伍总统死了,

---

①发表时原写作"摆伦",收入《巴黎的鳞爪》一书时改题《拜伦》。

又来一个同声一哭。二百年前的戴东原还不是一个一头黄毛一身奶臭一把鼻涕一把尿的娃娃,与我们什么相干,又用得著我们的正颜厉色开大会做论文! 现在真是愈出愈奇了,什么,连拜伦也得利益均沾,又不是疯了,你们无事忙的文学先生们! 谁是拜伦? 一个滥笔头的诗人,一个宗教家说的罪人,一个花花公子,一个贵族。就使追悼会纪念会是现代的时髦,你也得想想受追悼的配不配,也得想想跟你们所谓时代精神合式不合式,拜伦是贵族,你们贵国是一等的民主共和国,那里有贵族的位置? 拜伦又没有发明什么苏维埃,又没有做过世界和平的大梦,更没有用科学方法整理过国故,他只是一个拐腿的纨绔诗人,一百年前也许出过他的风头,现在埋在英国纽斯推德(Newstead)的贵首头都早烂透了,为他也来开纪念会,哼,他配! 讲到拜伦的诗你们也许与苏和尚的脾味合得上,看得出好处,这是你们的福气——要我看他的诗也不见得比他的骨头活得了多少。并且小心,拜伦到是条好汉,他就恨盲目的崇拜,回头你们东抄西剽的忙著做文章想是讨好他,小心他的鬼魂到你梦里来大声的骂你一顿! ”

那位先生大发牢骚的时候,我已经抽了半枝的烟,眼看著缭绕的氤氲,耐心的挨他的骂,方才想好赞美拜伦的文章也早已变成了烟丝飞散:我呆呆的靠在椅背上出神了——

拜伦是真死了不是? 全朽了不是? 真没有价值,真不该替他揄扬传布不是?

眼前扯起了一重重的雾幔,灰色的,紫色的,最后呈现了一个惊人的造像,最纯粹,光净的白石雕成的一个人头,供在一架五尺高的檀木几上,放射出异样的光辉,像是阿博洛,给人类光明的大神,凡人从没有这样庄严的“天庭”,这样不可侵犯的眉宇,这样的头颅,但是不,不

77

是阿博洛，他没有那样骄傲的锋芒的大眼，像是阿尔帕斯山南的蓝天，像是威尼市的落日，无限的高远，无比的壮丽，人间的万花镜的展览反映在他的圆睛中，只是一层鄙夷的薄翳；阿博洛也没有那样美丽的发卷，像紫葡萄似的一穗穗贴在花岗石的墙边；他也没有那样不可信的口唇，小爱神背上的小弓也比不上他的精致，口角边微露著厌世的表情，像是蛇身上的文彩，你明知是恶毒的，但你不能否认他的艳丽；给我们弦琴与长笛的大神也没有那样圆整的鼻孔，使我们想像他的生命的剧烈与伟大，像是大火山的决口……

不，他不是神，他是凡人，比神更可怕更可爱的凡人；他生前在红尘的狂涛中沐浴，洗涤他的遍体的斑点，最后他踏脚在浪花的顶尖，在阳光中呈露他的无瑕的肌肤，他的骄傲，他的力量，他的壮丽，是天上瑳奕司与玖必德的忧愁。

他是一个美丽的恶魔，一个光荣的叛儿。

一片水晶似的柔波，像一面晶莹的明镜，照出白头的"少女"，闪亮的"黄金奁"，"快乐的阿翁"。此地更没有海潮的啸响，只有草虫的讴歌，醉人的树色与花香，与温柔的水声，小妹子的私语似的，在湖边吞咽。山上有急湍，有冰河，有幔天的松林，有奇伟的石景。瀑布像是疯癫的恋人，在荆棘丛中跳跃，从巉岩上滚坠，在磊石间震碎，激起无量数的珠子，圆的，长的，乳白的，透明的，阳光斜落在急流的中腰，幻成五彩的虹纹。这急湍的顶上是一座突出的危崖，像一个猛兽的头颅，两旁幽邃的松林，像是一颈的长鬣，一阵阵的瀑雷，像是他的吼声。在这绝壁的边沿站著一个丈夫，一个不凡的男子，怪石一般的峥嵘，朝旭一般的美丽，劲瀑似的桀傲，松林似的忧郁。他站着，交抱着手臂，翻起一双大眼，凝视着无极的青天，三个阿尔帕斯的鸷鹰在他的头顶不息的盘旋；水声，松涛的呜咽，牧羊人的笛声，前峰的崩雪声——他凝神的听著。

只要一滑足，只要一纵身，他想，这躯壳便崩雪似的坠入深潭，粉碎在美丽的水花中，这些大自然的谐音便是赞美他寂灭的丧钟。他是一个骄子：人间踏烂的蹊径不是为他准备的，也不是人间的镣链可以锁住他的鸷鸟的翅羽。他曾经丈量过巴南苏斯的群峰，曾经搏斗过海理士彭德海峡的凶涛，曾经在马拉松放歌，曾经在爱琴海边狂啸，曾经践踏过滑铁卢的泥土，这里面埋著一个败灭的帝国。他曾经实现过西撒凯旋时的光荣，丹桂笼住他的发卷，玫瑰承住他的脚踪；但他也免不了他的滑铁卢；运命是不可测的恐怖，征服的背后隐着僇辱的狞笑，御座的周遭显现了狴犴的幻景；现在他的遍体的斑痕，都是诽毁的箭镞，不更是繁花的装缀，虽则在他的无瑕的体肤上一样的不曾停留些微污损。……太阳也有他的淹没的时候，但是谁能忘记他临照时的光焰？

What is life,what is death,and what are we.

That when the ship sinks,we no longer may be.

虹哪 Juno 发怒了。天变了颜色，湖面也变了颜色。四围的山峰都披上了黑雾的袍服，吐出迅捷的火舌，摇动着，仿佛是相互的示威，雷声像猛兽似的在山坳里咆哮，跳荡，石卵似的雨块，随著风势打击着一湖的磷光，这时候(一八一六年，六月，十五日)仿佛是爱俪儿(Ariel)的精灵耸身在绞绕的云中，默唪着咒语，眼看着——

79

Jove's lightnings,the precursors

O'the dreadful thunder—claps ...

The fire,and cracks

Of sulphurous roaring,the most mighty Neptune

Seem'd to besiege,and make his bold waves tremble,

Yea his dread tridents shake.

（Tempest）

在这大风涛中，在湖的东岸，龙河（Rhone）合流的附近，在小屿与白沫间，飘浮着一只疲乏的小舟，扯烂的布帆，破碎的尾舵，冲挡着巨浪的打击，舟子只是着忙的祷告，乘客也失去了镇定，都已脱卸了外衣，准备与涛澜搏斗。这正是卢骚的故乡，这小舟的历险处又恰巧是玖荔亚与圣潘罗（Julia and St.Preux）遇难的名迹。舟中人有一个美貌的少年是不会泅水的，但他却从不介意他自己的骸骨的安全，他那时满心的忧虑，只怕是船翻时连累他的友人为他冒险，因为他的友人是最不怕险恶的。厄难只是他的雄心的激刺，他曾经狎侮爱琴海与地中海的怒涛，何况这有限的梨梦湖中的掀动，他交叉着手，静看着萨福埃（Savoy）的雪峰，在云罅里隐现。这是历史上一个希有的奇逢，在近代革命精神的始祖神感的胜处，在天地震怒的俄顷，载在同一的舟中，一对共患难的，伟大的诗魂，一对美丽的恶魔，一对光荣的叛儿！

他站在梅锁朗奇（Mesolonghi）的滩边（一八二四年，一月，四至二十二日）。海水在夕阳光里起伏，周遭静瑟瑟的莫有人迹，只有连绵的砂碛，几处卑陋的草屋，古庙宇残坍的遗迹，三两株灰苍色的柱廊，天

80

空飞舞着几只阔翅的海鸥,一片荒凉的暮景。他站在滩边,默想古希腊的荣华,雅典的文章,斯巴达的雄武,晚霞的颜色二千年来不曾消灭,但自由的鬼魂究不曾在海砂上留存些微痕迹……他独自的站著,默想他自己的身世,三十六年的光阴已在时间的灰烬中埋着,爱与憎,得志与屈辱,盛名与怨诅,志愿与罪恶,故乡与知友,威尼市的流水,罗马古剧场的夜色,阿尔帕斯的白雪,大自然的美景与恚怒,反叛的磨折与尊荣,自由的实现与梦境的消残……他看着海砂上映着的曼长的身形,凉风拂动着他的衣裾——寂寞的天地间的一个寂寞的伴侣——他的灵魂中不由的激起了一阵感慨的狂潮,他把手掌埋没了头面。此时日轮已经翳隐,天上星先后的显现,在这美丽的暝色中,流动着诗人的吟声,像是松风,像是海涛,像是蓝奥孔苦痛的呼声,像是海伦娜岛上绝望的吁叹——

    This time this heart should be unmoved,

        Since others it hath ceased to move;

    Yet,though I cannot be beloved,

        Still let me love!

    My days are in the yellow leaf;

        The flowers and fruits of love are gone;

    The worm, the canker, and the grief;

        Are mine alone!

    The fire that on my bosom preys

        As lone as some volcanic isle

No torch is kindled at its blaze—

    A funeral pile!

The hope, the fear, the jealous care,

    The exalted portion of the pain

And power of love, I cannot share,

    But wear the chain.

But 'tis not thus—and 'tis not here—

    Such thoughts should shake my soul, nor now.

Where glory aecks the hero's bier

    Or binds his brow.

The sword, the banner, and the field,

    Glory and Grace, around me see!

The Spartan, born upon his shield,

    Was not more free.

Awake! (not Greece—she is awake!)

    Awake, my spirit! Think through whom

The life—blood tracks its parent lake,

    And then strike home!

Tread those reviving passions down;

Unworthy manhood! —unto thee

Indifferent should the smile or frown

Of beauty be.

If thou regret'st thy youth, why live;

The land of honorable death

Is here:—up to the field, and give

Away thy breath!

Seek out—less sought than found—

A dier's grave for thee the best;

Then look around, and choose thy ground,

And take thy rest.

年岁已经僵化我的柔心，

我再不能感召他人的同情；

但我虽则不敢想望恋与悯，

我不愿无情！

往日已随黄叶枯萎，飘零；

恋情的花与果更不留踪影，

只剩有腐土与虫与怆心，

长伴前途的光阴！

烧不尽的烈焰在我的胸前，

　　孤独的，像一个喷火的荒岛；

更有谁凭吊，更有谁怜——

　　一堆残骸的焚烧！

希冀，恐惧，灵魂的忧焦，

　　恋爱的灵感与苦痛与蜜甜，

我再不能尝味，再不能自傲——

　　我投入了监牢！

但此地是古英雄的乡国，

　　白云中有不朽的灵光，

我不当怨艾，惆怅，为什么

　　这无端的凄惶？

希腊与荣光，军旗与剑器，

　　古战场的尘埃，在我的周遭，

古勇士也应慕羡我的际遇，

　　此地，今朝！

苏醒！不是希腊——她早已惊起！

　　苏醒，我的灵魂！问谁是你的

血液的泉源，休辜负这时机，

　　鼓舞你的勇气！

丈夫！休教已往的沾恋

　　梦魇似的压迫你的心胸，

美妇人的笑与鼙的婉恋，

　　更不当容宠！

再休眷念你的消失的青年，

　　此地是健儿殉身的乡土，

听否战场的军鼓，向前，

　　毁灭你的体肤！

只求一个战士的墓窟，

　　收束你的生命，你的光阴；

去选择你的归宿的地域，

　　自此安宁。

　　他念完了诗句，只觉得遍体的狂热，壅住了呼吸，他就把外衣脱下，走入水中，向着浪头的白沫里纵身一窜，像一只海豹似的，鼓动着鳍脚，在铁青色的水波里泳了出去……

　　"冲锋，冲锋，跟我来！"

　　冲锋，冲锋，跟我来！这不是早一百年拜伦在希腊梅锁龙奇临死前昏迷时说的话？那时他的热血已经让冷血的医生给放完了，但是他的争自由的旗帜却还是紧紧的擎在他的手里……

　　再迟八年，一位八十二岁的老翁也在他的解脱前，喊一声，

"Mere licht! "

"不够光亮! ""冲锋, 冲锋, 跟我来! "

火热的烟灰吊在我的手背上, 惊醒了我的出神, 我正想开口答复那位朋友的讥讽, 谁知道睁眼看时, 他早溜了!

十四年四月二日

载北京《晨报·文学旬刊》1924 年 4 月 21 日

莪默的一首诗①

胡适之尝试集里有莪默诗的第七十三首的译文，那是他最得意的一首译诗，也是在他的诗里最"脍炙人口"的一首。新近郭沫若把 Edward Fitz Gerald 的英译完全翻了出来，据适之说关于这一首诗他在小注里也提起了他的译文——可惜沫若那本小册子我一时找不到，不能参照他的译文与他的见解。昨天适之在我书桌子又把他那首名译用"寸楷"的大字写了出来，并且打起徽州调高声朗唱了一两遍（我想我们都懂得适之先生的感慨；谁都免不了感慨不是？）方才我一时手痒，也尝试了一个翻译，并不敢与胡先生的"比美"，但我却以为翻诗至少是一种有趣的练习，只要原文是名著，我们译的人就只能凭我们各人的"懂多少"，凭我们运用字的能耐，"再现"一次原来的诗意，结果失败的机会固然多，但亦尽有成品的——比如斐氏波诗的英译，——虽则完全的译诗是根本不可能的。现在我把那首原译与胡译与我的译文录在一起，供给爱译诗的朋友们一点子消遣；如其这砖抛了出去，竟能引出真的玉来，那就更有兴致了。

---

①莪默：Omar Khayyám，今译欧玛尔·海亚姆。

一、斐氏英译

Ah Love! Could thun and I with Fate conspire

To grasp this sorry Scheme of Things entire,

Could not we shatter it to bits—and then

Remodel it near to the Heart's Desire?

二、胡 译

要是天公换了卿和我，

该把这糊涂世界一齐都打破，

再磨再炼再调和，

好依着你我的安排，

把世界重新造过！

三、徐 译

爱阿！假如你我能勾著运神谋反，

一把抓住了这整个儿"寒尘"的世界，

我们还不趁机会把他完全捣烂——

再来按我们的心愿，改造他一个痛快？

十二月二日

载北京《晨报副刊》1924 年 11 月 7 日

88

一个译诗问题①

去年我记得曾经为翻莪默一首四行诗引起许多讨论，那时发端是适之，发难是我，现在又来了一个同样的问题，许比第一次更有趣味些，只是这次发端是我，发难是适之了。

翻译难不过译诗，因为诗的难处不单是他的形式，也不单是他的神韵，你得把神韵化进形式去，像颜色化入水，又得把形式表现神韵，像玲珑的香水瓶子盛香水。有的译诗专诚拘泥形式，原文的字数协韵等等，照样写出，但这来往往神味浅了；又有专注重神情的，结果往往是另写了一首诗，竟许与原作差太远了，那就不能叫译，例如适之那首莪默，未始不可上口，但那是胡适，不是莪默。

这且不讲，这回来的是我前几天在《晨报副刊》印出的葛德的四行诗，那是我在斐冷翠时译的，根据的是卡莱尔(Thomas Carlyle)的英译：

Who never ate his bread in sorrow,

①文中"葛德"(Goethe)，今译"歌德"。

徐志摩品诗

Who never spent the midnight hours.

Weeping and waiting for the morrow,

He knows you not,ye heavenly powers!

我译的是：

谁不曾和着悲哀吞他的饭，

　谁不曾在半夜里惊心起坐，

泪滋滋的，东方的光明等待，

　他不曾认识你，阿伟大的天父！

第二天适之跑来笑我了，他说："志摩，你趁早做诗别用韵吧，你一来没有研究过音韵，二来又要用你们的蛮音来瞎叫，你看这四行诗你算是一二三四叶的不是；可是'饭'那里叶得了'待'，'坐'那里跟得上'父'？全错了，一古脑子有四个韵！"

他笑我的用韵也不是第一次，可是这一次经他一指出，我倒真有些脸红了。

这也不提，昨天我收到他一封信，他说前晚回家时在车上试译葛德那四行诗，居然成了。他译的是——

谁不曾含着悲哀咽他的饭，

　谁不曾中夜叹息，睡了又重起，

泪汪汪地等候东方的复旦，

伟大的天神呵，他不会认识你。

他也检出了葛德的原文：

Wer nie sein Brot mit Thrärnen ass,

Wer nie die kummervollen Nächte

Auf seinen Bette weinend sass,

Der Kennt euch bicht ihr himmlischen Mächte.

卡莱尔的英译多添了 "Waiting for the morrow" 的那几个字。"ye heavenly powers"或"ihr himmlischen Mächte"，我翻作"阿伟大的天父"指定了上帝，狠不对，适之译作天神，也不妥。方才他来电话说今天与前北大教授 Lessing 讲起这首诗，也给他看了译文，莱新先生，他中文也顶好的，替改了一个字，就是把"天神"改作"神明"。

我方才又试译了一道：

谁不曾和着悲泪吞他的饭，

　谁不曾在凄凉的深夜，怆心的，

独自偎着他的枕衾幽叹——

　伟大的神明阿，他不认识你。

这三种译文那一个比较的要得，我们自己不能品评，那也不关紧要；应注意的是究竟要怎样的译法才能把原文那伟大、怆凉的情绪传

91

神一二,原文不必说,就是卡莱尔的英译也是气概非凡,尝过人生苦趣的看了,我敢说,决不能不受感动。

莱新先生也说起一段故事,他说葛德那首诗 Harfen spieler 是一七九七年印行的,隔了十年拿破仑欺负普鲁士,揩了有美名的露意洒皇后(Queen Luissa)不少的油,结果政策上一些不退让,差一点不把露意洒后气死了,她那时出奔,路过 Konisburg,住在一个小客栈里,想起了她自己的雄心与曾经忍受的耻辱,不胜悲感,她就脱下手指上的钻戒来,把葛德那四行诗,刻画在客栈玻窗上。

这是一件事,我也记起一件故事,王尔德(Oscar Wilde)在他的"De profundis"里讲起怎样他早年是一个不羁的浪子,把人生看作游戏,一味的骄奢淫逸,从不认人间有悲哀,但他的妈却常常提起葛德那四行诗。后来等到他受了奇辱,关在监牢里,他想起了他母亲,也想起了葛德那四行诗,他接着还加上几句极沈痛忏悔的话,他说:

"There are times when sorrow seems to me to be the only truth."

(有时候我看来似乎只有悲哀是人间唯一的真理。)

从这两个故事我们可以看出那四行诗的确是一个伟大心灵的吐属:蕴蓄着永久的感动力与启悟力,永远是受罪的人们的一个精神的慰安,因此我想我们在自家没有产生那样伟大的诗魂时,应得有一个要得的翻译。这里这三道译文我觉得都还有缺憾,我很盼望可以引起能手的兴趣,商量出一个不负原诗的译本。

方才又发现了小泉八云的一个英译:

Who ne'er his bread in sorrow ate,

Who ne'er the lonely midnight hours,

Weeping upon his bed has sat,

He knows ye not,ye Heavenly powers.

八月二十三日

载北京《晨报副刊》1924 年 11 月 7 日

徐志摩品诗

葛德的四行诗
还是没有翻好

自从我在《现代评论》第二卷第三十八期提起了一个译诗的问题以来,德文学者朱家骅先生也来了一道译文。我这里又收到周开庆先生的一封信,内附他的三种译法,此外还有郭沫若先生在上海我见他时交给我的译稿,我现在把各家的译文按次序写上,再来讨论。

(一)徐初译——

谁不曾和着悲哀吞他的饭,
谁不曾在半夜里惊心起坐,
泪滋滋的,东方的光明等待——
他不曾认识你,阿伟大的天父!

(二)胡适之先生译——

谁不曾含着悲哀咽他的饭,

谁不曾中夜叹息,睡了又重起,

泪汪汪地等候东方的复旦,

伟大的天神呵,他不会认识你。

("天神"改"神明")

(三)徐再译——

谁不曾和着悲泪吞他的饭,

谁不曾在凄凉的深夜,恓心的,

独自偎着他的枕衾幽叹——

伟大的神明阿,他不认识你。

(四)朱骝先先生译——

谁从不曾含着眼泪吃过他的面包,

谁从不曾把充满悲愁的夜里

在他的床上哭着坐过去了,

他不认识你们,你们苍天的威力!

(五)周开庆先生译——

(1)

谁不曾和着悲哀把饭咽下,

谁不曾在幽凄的深夜里,

95

徐志摩品诗

独坐啜泣，暗自咨嗟，

伟大的神明呵，他不曾认识你！

（2）

谁不曾和着悲哀把饭吞，

谁不曾中夜幽咽，

愁坐待天明，

他不曾认识你，呵伟大的神灵！

（3）（略）

（六）郭沫若先生译——

人不曾把面包和眼泪同吞，

人不曾悔恨煎心，夜夜都难就枕，

独坐在枕头上哭到过天明，

他是不会知道你的呀，天上的威棱。

卡来尔英译——

Who never ate his bread in Sorrow,

Who never spent the midnight hours

Weeping and waiting for the morrow,

He Knows you not,ye heavenly Powers.

葛德原文——

Wer nie Sein Brot mit Tnrären ass,

Wer nie die kummervollen Nächte

Auf Seinem Bette Wlrend Sass,

Der Kennt Euch micht,ihr himmlischen Mächte.

朱先生说胡译与我译的都是根据卡莱尔氏的英译，"不能说是葛德"，所以他的是按字直译。周先生就译论译说我的初译"不甚好,第二首音韵佳而字句似不甚自然;胡译的字句似较自然,而又不及徐译第二首的深刻——这大概是二位先生诗的作风的根本差别吧"。

沫若看了我与适之的译文有两个批评,我以为多少是切题的。他说第一这"谁不曾怎么样,他不曾怎样"的句法在中文里不清楚,意思容易混;谁不曾是像问话而带确定的口气,比如"谁没有吃过鸡头米?"意思是什么人都吃过的。他不曾或是他没有怎样倒是特指的口气。所以这"谁……他"的文法关系不清,至少不熟,应得斟酌。第二点他批评的是原诗的意境比我们译的,深沈得多,因为"幽叹","叹息","睡了重起"的字样不能就表示我们内心怎样深刻的痛苦与悲哀;我们往往为了比较不重要的失意事因而晚上睡不安稳是常有的事,但这类的情形决不是葛德那诗里的意境。一个人非到受精神痛苦到极深极刻的时候不会完全忘却他的有限的自身,不完全忘却或是超越这有限的自身就不能感悟无形中无限的神明,威灵,或是随你给它一个什么名字。这点我是很同意的。我们来看看郭先生的译文。第一他把谁字换了人字。但我仔细揣摩下来。觉着这"人……他"的文法与语气也不定比"谁……他"看得出或念得出改良多少。我原先为表明文法起见本想在谁字底下加个"要"字,"若是"的意思,再在他字底下加一个"就"字,这"谁要

97

怎么样他就怎么样"的语气应该听得顺些,但这类啰嗦的字眼多放在诗里究竟讨人厌,所以后来还是从省。方才有一个朋友在旁边说既然"谁……他"不妥,"人……他"又不当,那何必不就来一个"谁……谁"呢?比如说"谁敢来我就打谁",或是更简些,"谁来我打谁",这里文法语气不全合式了吗?这话初听似乎有理,但你应用试试还是不十分妥当。无论如何,我们又发明一个小办法是真的。关于第二点沫若的译文我也觉得还不妥当,他的中间两行是——

> 人不曾悔恨煎心,夜夜都难就枕,
>
> 独坐在枕头上哭到过天明,

这来朱先生第一个不答应。"枕头!你的枕头那儿来的?"这是说笑话,当然。但"坐在枕头上"确是不很妥当。

不易,真不易!就只四行。字面要自然,简单,随熟;意义却要深刻,辽远,沈着,拆开来一个个字句得没有毛病,合起来成一整首的诗,血脉贯通的,音节纯粹的。我自己承认我译的两道都还要不得,别家的我也觉得不满意。一定还有能手。等着看。

这来我们应得看出一个极简单的道理,就是:诗,不论是中是西是文是白,决不是件易事。这译诗难,你们总该同意了吧?进一步说,做诗不是更难吗?译诗是用另一种文字去翻已成的东西,原诗的概念,结构,修词,音节都是现成的;就比是临字临画,蓝本是现成的放在你的当前,尚且你还觉得难。你明明懂得不仅诗里字面的意思,你也分明可以会悟到作家下笔时的心境,那字句背后的更深的意义。但单只懂,单只悟,还只给了你一个读者的资格,你还得有表现力——把你内感的情绪翻译成联贯的文字——你才有资格做译者,做作者。葛德那四行诗(我只要这四行,后面四行暂且不管它)里的意义我们看来多么亲切,就像是我们要说的话他替我们说了似的,就像在精神境界里发见了一个故知似的。但为什么你自己就说不出来?这里面有消息。葛德那首诗,本身虽则只有几十个字,正不知是多少真经验里绞沥出来的。别的东西可以借,真的经验是不能借的,我们在没有真经验的时候往往抓住经验的虚影当是真的,就在这上面妄想建设文艺的楼阁——但是它站得住吗?

　　近年来做新诗成了风尚。谁都来做诗了。见了月亮做诗,游园做诗,讲故事做诗——假如接一次吻,更不用说,那是非做诗不可的了。我这里副刊收到的稿子除了"新诗",差不多就没有别的了。一个朋友说,活该! 都是你们自己招出来的。这真变了殃了——白话诗殃。有消解的一天吗?一个法子是教一班创作热的青年们认识创作的难。我所以重新提起这四行诗的译事,要一班同学们从知道翻译难这件事认清创作的更不易。

载北京《晨报副刊》1925 年 10 月 8 日

徐志摩品诗

汤麦士哈代①

汤麦士哈代，英国的小说家，诗人，已于上月死了，享年八十七岁。他的遗嘱上写着他死后埋在道骞司德地方一个村庄里，他的老家。但他死后英国政府坚持要把他葬在威士明斯德大教寺里，商量的结果是一种空前的异样的葬法。他们，也不知谁出的主意，把他的心从他的胸膛里剜了出来，这样把他分成了两个遗体，他的心，从他的遗言，给埋在他的故乡，他的身，为国家表示对天才的敬意，还得和英国历代帝王卿相贵族以及不少桂冠诗人们合伙做邻居去。两个葬礼是在一天上同时举行的。在伦敦城里，千百个景慕死者的人们占满了威士明斯德的大寺，送殡的名人中最显著的有伯讷萧，约翰高斯倭绥，贝莱爵士，爱德门高士，吉波林，哈代太太，现国务总理包尔温，前国务总理麦克唐诺尔德一行人；这殡礼据说是诗人谭尼孙以来未有的盛典。同时在道骞斯德的一个小乡村里哈代的老乡亲们，穿戴着不时式的衣冠，捧着田园里掇拾来不加剪裁的花草，唱着古旧的土音的丧歌，也在举行他的殡礼，这里入土的是诗人的一颗心。哈代死后如其有知感，不知甘

---

①汤麦士哈代：Thomas Hardy，今译托马斯·哈代。

愿享受那一边的尊敬？按他诗文里所表现的态度,我们一定猜想他倾向他的乡土的恩情,单这典礼的色香的古茂就应得勾留住一个诗人的心。但也有人说哈代曾经接待过威尔士王子,和他照过相,也并不曾谢绝牛津大学的博士衔与政府的"功勋状"(The Order of Merit),因此推想这位老诗人有时也不是完全不肯与虚荣的尘世相周旋的。最使我们奇怪的是英国的政府,也不知是谁作的主,满不尊敬死者的遗言,定要把诗人的遗骨麕厕在无聊的金紫丛中! 诗人终究是诗人,我们不能疑惑他的心愿是永久依附着卫撒克斯古旧的赭色的草原与卫撒克斯多变幻的风云,他也不是完全能割舍人情的温暖,谁说他从此就不再留恋他的同类——

There at least smiles abound,

There discourse trills around,

There, now and then,are found

　　life—loyalties.

　　我在一九二六年的夏天见到哈代(参看附录的《谒哈代记》)时,我的感想是——

　　哈代是老了,哈代是倦了。在他近作的古怪的音调里(这是说至少这三四十年来), 我们常常听出一个厌倦的灵魂的低声的叫喊:"得,够了,够了,我看够了,我劳够了;放我走罢!让我去罢!"光阴,人生:他解,他剖,他问,他嘲,他笑,他骂,他悲,他诅,临了他求——求放他早一天走。但无情的铁路膊的生的势力仿佛一把拧

徐志摩品诗

住这不满五尺四高的小老儿,半嘲讽半得意的冷笑著对他说:"看罢,迟早有那么一天;可是你一天喘着气你还得做点儿给我看看!"可怜这条倦极了通体透明的老蚕,在暗屋子内茧山上麦柴的空隙里,昂着他的绉皱的脑袋前仰后翻的想睡偏不得睡,同时一肚子的丝不自主的尽往外吐——得知它到那时才吐得完!……

运命真恶作剧,哈代他且不死哪! 我看他至少还有二十年活。

我真以为他可以活满一百岁,谁知才过了两年他就去了! 在这四年内我们先后失去了这时代的两个大哲人,法国的法郎士与英国的哈代。这不仅是文学界的损失,因为他俩,各自管领各人的星系,各自放射各人的光辉,分明是十九世纪末叶以来人类思想界的孪立的重镇,他们的生死是值得人们永久纪念的。我说"人类"因为在思想与精神的境界里我们分不出民族与国度。正如朋琼生说莎士比亚 "He belongs to all ages"这些伟大的灵魂不仅是永远临盖在人类全体的上面,它们是超出时间与空间的制限的。我们想念到他们,正如想念到创孔一切的主宰,只觉得语言所能表现的赞美是多余的。我们只要在庄敬的沈默中体念他们无涯涘的恩情。他们是永恒的。天上的星。

他们的伟大不是偶然的。思想是最高的职业,因为它负责的对象不是人间或人为的什么,而是一切事理的永恒。在他们各自见到的异象的探检中,他们是不知道疲乏与懈怠的。"我在思想,所以我是活着的。"他们的是双层的生命。在物质生活的背后另有一种活动,随你叫它"精神生活",或是"心灵生命"或是别的什么,它的存在是不容疑惑的。不是我们平常人就没有这无形的生命,但我们即使有,我们的是间断的,不完全的,飘忽的,刹那的。但在负有"使命"的少数人,这种生命是有根脚,有来源,有意识,有姿态与风趣,有完全的表现。正如一个山岭在它投影的湖心里描画着它的清奇或雄浑的形态，一个诗人或哲人也在他所默察的宇宙里投射着他更深一义的生命的体魄。有幸福是那个人,他能在简短的有尽期的生存里实现这永久的无穷尽的生命，但苦恼也是他的因为思想是一个奇重的十字架，要抗起它还得抗了它走完人生的险恶的道途不至在中途颠仆,决不是一件可以轻易尝试的事。

哈代是一个强者;不但抗起了他的重负,并且走到了他旅程的尽头。这整整七十年(哈代虽则先印行他的小说,但他在早年就热心写诗)的创作生活给我们一些最主要的什么印象? 再没有人在思想上比他更阴沉更严肃,更认真。不论他写的是小说,是诗,是剧,他的目的永远是单纯而且一致的。他的理智是他独有的分光镜,他只是,用亚诺德的名言,"运用思想到人生上去",经过了它的棱晶,人生的总复的现象顿然剖析成色素的本真。本来诗人与艺术家按定义就是宇宙的创造者。雪莱有雪莱的宇宙,贝德花芬有贝德花芬的宇宙,兰勃郎德有兰勃郎德的宇宙。想像的活动是宇宙的创造的起点。但只有少数有"完全想像"或"绝对想像"的才能创造完全的宇宙;倒如莎士比亚与歌德与丹德。哈代的宇宙也是一个整的。如其有人说在他的宇宙里气候的变化太感单调,常是这阴凄的秋冬模样,从不见热烈的阳光欣快的从云雾中跳出,他的答话是他所代表的时代不幸不是衣理查白一类,而是十九世纪末叶以来自我意识最充分发展的时代;这是人类史上一个肃杀的季候——

It never looks like summer now whatever weather's there...

The land's sharp features seemed to be

103

The century's corpse outleant

The ancient germ and birth

Was shrrunken hard and dry

And every spirit upon earth

Seemed fervourless as I.

　　真纯的人生哲学,不是空枵的概念所能构成,也不是冥想所能附会,它的秘密是在于"用谦卑的态度,因缘机会与变动,纪录观察与感觉所得的各殊的现象"。哈代的诗,按他自己说,只是些"不经整理的印象",但这只是诗人谦抑的说法,实际上如果我们把这些"不经整理的印象"放在一起看时,他的成绩简直是,按他独有的节奏,特另创设了一个宇宙,一部人生。再没有人除了哈代能把他这时代的脉搏按得这样的切实,在他的手指下最微细的跳动都得吐露它内涵的消息。哈代的刻画是不可错误的。如其人类的历史,如黑智尔说的,只是"在自由的意识中的一个进展"("Human history is a progress in the Cousciousness of Freedom"),哈代是有功的:因为他推着我们在这意识的进展中向前了不可少的路。

　　哈代的死应分结束历史上一个重要的时期。这时期的起点是卢骚的思想与他的人格,在他的言行里现代"自我解放"与"自我意识"实现了它们正式的诞生。从忏悔录到法国革命,从法国革命到浪漫运动,从浪漫运动到尼采(与道施滔奄夫斯基),从尼采到哈代——在这一百七十年间我们看到人类冲动性的情感,脱离了理性的挟制,火焰似的进窜着,在这光炎里激射出种种的运动与主义,同时在灰烬的底里孕育着"现代意识",病态的,自剖的,怀疑的,厌倦的,上浮的炽焰愈消沉,底里的死灰愈扩大，直到一种幻灭的感觉软化了一切生动的努力，压死了情感，麻痹了理智，人类忽然发现他们的脚步已经误走到绝望的边沿，再不留步时前途只是死与沉默。哈代初起写小说时，正当维多利亚最昌盛的日子，进化论的暗示与放任主义的成效激起了乐观的高潮，在短时间内盖没了一切的不平与蹊跷。哈代停止写小说时世纪末尾的悲哀代替了早年虚幻的希冀。哈代初起印行诗集时一世纪来摧残的势力已经积聚成旦夕可以溃发的潜流。哈代印行他后期的诗集时这潜流溃发成欧战与俄国革命。这不是说在哈代的思想里我们可以发见这桩或那桩世界事变的阴影。不，除了他应用拿破仑的事迹写他最伟大的诗剧(The Dynasts)以及几首有名的战歌以外，什么世界重大的变迁哈代只当作没有看见，在他的作品里，不论诗与散文，寻不到丝毫的痕迹。哈代在这六七十年间最关心的还不只是一茎花草的开落，月的盈昃，星的明灭，村姑们的叹息，乡间的古迹与传说，街道上或远村里泛落的灯光，邻居们的生老病死，夜蛾的飞舞与枯树上的鸟声？再没有这老儿这样的鄙塞，再没有他这样的崛强。除了他自己的思想他再不要什么侣伴。除了他本乡的天地他再不问什么世界。

但如其我们能透深一层看，把历史的事实认作水面上的云彩，思想的活动才是水底的潜流，在无形中确定人生的方向，我们的诗人的重要正在这些观察所得的各殊的现象的纪录中。在一八七〇年左右他写：

"...Mankind shall cease. So let it be." I said to love.

在一八九五年他写：

If way to the Better there be, it exacts a full look at the worst⋯

在一九〇〇年他写：

That I could think there trembles through his happy good night air some blessed hope, whereof he knew and I was unaware.

在一九二二年他写：

...the greatest of things is charity...

哈代不是一个武断的悲观论者,虽然他有时在表现上不能制止他的愤慨与抑郁。上面的几节征引可以证见就在他最烦闷最黑暗的时刻他也不放弃他为他的思想寻求一条出路的决心——为人类前途寻求一条出路的决心。他的写实,他的所谓悲观,正是他在思想上的忠实与勇敢。他在一九二二年发表的一篇诗序说到他作诗的旨趣,有极重要的一段话:——

...That comments on where the world stands is very much the reverse or needless in these disordered years of a prematurely afflicted century: that amendment and not madness lies that way...that whether the human and kin,dred animal races survive till the exhaustion or destruction of the globe,of whether races perish and are succeeded by others before that conclusion comes,pain to all upon it,tongued or dumb,shall be kept down to a minimun by Loving－kindness,operating through scientific knowledge,and actuated by the modicum of free will conjecterally possessed by organic life when the mighty necessitating forces unconscious or other,that have the 'balancings of the cloud'happen to be in equilibrium,which may or may not be often.

简单的意译过来,诗人的意思是如此。第一他不承认在他著作的后背有一个悲观的厌世的动机。他只是做他诗人与思想家应做的事——"应用思想到人生上去"。第二他以为如其人生是有路可走的，这路的起点免不了首先认清这世界与人生倒是怎么一回事。但他个人的忠实的观察不幸引起一般人的误解与反感。同时也有少数明白人同情他的看法，以为非得把人类可能的丑态与软弱彻底给揭露出来，人们才有前进与改善的希望。人们第一得劈去浮嚣的情感，解除各式的偏见与谬解，认明了人生的本来面目再来说话。理性的地位是一定得回复的。但单凭理智，我们的路还是走不远。我们要知道人类以及其他的生物在地面上的生存是有期限的。宇宙间有的是随时可以消灭这小小喘气世界的势力，我们得知那一天走？其次即使这台戏还有得一时演，我们在台上一切的动作是受一个无形的导演在指挥的。他说的那些强大的逼迫的势力就是这无形的导演。我们能不感到同类的同情吗？我们一定得纵容我们的恶性使得我们的邻居们活不安稳，同时我们自己也在烦恼中过度这简短的时日吗？即使人生是不能完全脱离苦恼，但如果我们能彼此发动一点仁爱心，一点同情心，我们未始不可以减少一些哭泣，增加一些喜笑，免除一些痛苦，散布一些安慰？但我们有意志的自由吗？多半是没有。即使有，这些机会是不多的，难得的。我们非得有积极的准备，那才有希望利用偶有的机缘来为我们自己谋一些施展的余地。科学不是人类的一种胜利吗？但也得我们做人的动机是仁爱不是残暴，是互助不是互杀，那我们才可以安心享受这伟大的理智的成功，引导我们的生活往更光明更美更真的道上走。这是我们的诗人的"危言"与"庸言"。他的话是重实的，是深长的，虽则不新颖，不奇特，他的只是几句老话，几乎是老婆子话。这一点是耐寻味的，我们想想托尔斯泰的话，罗曼罗兰的话，泰谷尔的话，罗素的话，不论他

107

们各家的出发点怎样的悬殊，他们的结论是相调和相呼应的，即使不是完全一致的。他们的柔和的声音永远叫唤着人们天性里柔和的成分，要它们醒起来，凭着爱的无边的力量，来扫除种种障碍，我们相爱的势力，来医治种种激荡我们恶性的狂疯，来消灭种种束缚我们的自由与污辱人道尊严的主义与宣传。这些宏大的音声正比是阳光一样散布在地面上，它们给我们光，给我们热，给我们新鲜的生机，给我们健康的颜色，但正因为它们的大与普遍性，它们的来是不喧哗不嚣张的。它们是在你的屋檐上，在那边山坡上，在流水的涟漪里，在情人们的眉目间。它们就在你的肘边伺候着你，先生，只要你摆脱你的迷盅，移转你的视线，改变你的趣向，你就知道这分别有多大。有福与美艳是永远向阳的葵花，人们为什么不？

载上海《新月》杂志第 1 卷第 1 号（1928 年 3 月）

厌世的哈提[①]

Human Shows Far Phantasies

Songs and Trifles.

——Thomas Hardy,

Macmillan, London, 1926

念哈提老头的诗使你想起在一个严冬的晚上从一个热闹的宴会场中出来走进冷入骨髓的空气里，天是透明的蓝，疏朗朗的嵌着几颗星，远的，冷的，亮的，道边上有一株两株的树，靠着蓝天，挨着星芒，比着它们光干扠搓的手势，仿佛有什么深沈的消息要对你吐露似的。

——The twigs of the birch imprint the December sky

Like branching reins upon a thin old hand...

哈提是老了（他今年八十三）；哈提是倦了。在他近作的古怪的音调里（这是说至少这三四十年来！）我们常常听出一个厌倦的灵魂的低声的叫喊："得，够了，够了，我看够了，我劳够了；放我走吧！让我去吧！"

---

①哈提：Thomas Hardy，今译哈代，参见前文《汤麦士哈代》题注。

徐志摩品诗

109

光阴，人生：他解，他剖，他问，他嘲，他笑，他骂，他咒，临了他求——求放他早一天走！但无恩的铁胳膊的生的势力仿佛一把掐住这不满五尺四高的小老儿，半带嘲讽的半得意的冷笑着对他说："看吧，迟早有那么一天；可是你一天喘着气你还得做点儿给我看看！"可怜这条倦极了通体透明的老蚕，在暗屋子里茧山上麦柴的空缝里昂着他的绉旧的脑袋前仰后倒的想睡偏不得睡，同时一肚子的丝不自主的从口里尽往外吐——得知它到那时候才吐得完！下面一首短诗是他今年出的诗集子的开篇第一首，题目是《一同等着》（"Waiting Both"）：

A star looks down at me,

And says："Here I and you

Stand, each in our degree：

What do you mean to do,——

    Mean to do？"

I say："For all I know,

Wait , and let time go by,

Till my change come "——"Just so,"

The star says：" So mean I：——

    So mean I."

天上一个星瞅着我望，

它说："这儿我跟你，

耽着，你在下，我在上；

你想打什么主意——

打什么主意？"

我说："我怎么能得知，

等着吧，让时光往前挪，

总有一天见分晓。"——"可不是，"

那星说："我也这么说——

我也这么说。"

　　这看了叫人多难受！是的，天上的星，地上的诗人：他们俩是一般的老，但他们俩何尝不是一般的照亮，一般的不承受光阴的支配！还有一首——

The weary walker

A plain in front of me,

And there's the road

Upon it. Wide Country,

And ,too the road!

Past the first ridge another,

And still the road

Creeps on. Perhaps no other

Ridge for the road?

111

Ah! Past that ridge a third,

Which still the road

Has to climb furtherward——

The thin white road!

Sky seems to end its track;

But no. The road

Trails down the hill at the back.

Ever the road!

疲倦了的行路人

一片平原在我的面前，

　　正中间是一条道。

多宽，这一片平原，

　　多宽，这一条道！

过了一坡又是一坡，

　　绵绵的往前爬着，

这条道也许前途

　　再没有坡，再没有道？

阿！这坡过了一坡又到，

　　还得往前往前，

爬着这一条道——

　　瘦瘦的白白的一线！

看来天已经到了边；

　　可是不料这条道

又从那山背往下蜒，

　　这道永远完不了！

　　看著，这悠悠的无穷尽的人生的道上永远，永远悠悠的无穷尽的爬著一个倦极了的短腿的老头！你们在沙漠中或是在平原上旅行过的格外可以觉出这诗里疲倦的压迫的意味。原是的；所有的人情滤成了渣，所有的理想踩成了泥，所有的希望焙成了灰，剩下的人生还不是一个干枯的单调的沙漠似的东西？

　　不，哈提绝对不能和这（在他看来）到处矛盾的人生妥协：

O Life with the sad seared face,

I weary of seeing thee! ——

…

…The eternal question of what life was,

And why we were there, and by those strange laws

That which mattered most could not be.

　　他厌死了这世界这活；在这绝望中唯一的报复，唯一的消遣，在他是不断的来"崛强的疑问"这人生的现象。至少他坚持他的把现实认一

113

个彻底的分明的态度:人生前途即使万一有希冀,也得从这一点做起:

If way to the Better there be, it exacts a full look at the Worst:

这回生命他真的逢著了一个对头,冷的,辣的,崛强的,够格儿的。他有不得一个漏洞,有不得一条裂缝:这位悲观的预言家有的是半空中巨鹫的神睛,什么草堆里微细的消息都逃不过他的尖锐的凝视。哈提的咒诅是可怕的,你听着:

“...We are too old in apathy!

Mankind shall cease —So let it be.”

I said to Love.

在文学里我不知道有更恶毒更难受的一个“人物”比之哈提那名著《玖德》里的孩子“时间爸爸”(“Father Time”)他一开口就咒诅生,临了谋害了他异母的兄弟们自己也跟着吊死! 这“时间爸爸”是老头自己的化身:他生下来就是老的,比老槐树上长的疤节还老;生下来就是冷的,比北冰洋头顶的星光还冷,真的哈提那老头是一个异象,即使不是怪象:不说他的思想,单看他那样儿,也就够你诧异,你看了他那老相你会心里疑问他曾经有过年轻的那一天! 在他的思想里,在他设想的境地与观察到的现实里,人生仿佛是叫一种最严密的逻辑的镣铐给带住了,再没有松动,躲闪,逃遁的余地;“你这丑东西你来干什么的”! 他自己站在一旁厉声的责问著。

他真的只要死:他从来没有要活过;他说他爹娘当初要是在他未出世前征求他的同意他一定无条件的拒绝。他始终是这态度;在最近这集子里他连他自己的墓志铭都给做起了,我们来看看——

114

(1)Epitaph On a Pessimist

I'm Smith of Stoke ,aged sixty—old,

I've lived without a dame from youth—time on;

And would to God

My,dad had done the same.

一个悲观人坟上的刻字

我是司笃克的司密斯,年纪六十,

　　我这辈子从年青到老苍,

不曾有过女人;要是那够多合式,——

　　要是我爸爸当初一样的不上当。

还有一个——

(2)Cynic's Epitaph

A race with the sun as he downed

　　I ran at evetide,

Intent who should first galn the ground

　　And there hide.

He beat me by some minutes then,

　　But I triumphed anon,

115

For when he'dto rise up again

I stayed on.

一个厌世人的墓志铭

太阳往西边落

　　我跟著他赛跑。

看谁先赶下地

　　到地里去躲好。

那时他赶上我前，

　　但胜利还是我的

因为他还得出现，

　　我从此躲在地底。

老头他倒放心一回死了不会再投胎！

我再引一首我看了饭都吃不下的——

The Sexton at Longpuddle

He passes down the church yard track

　　On his way to toll the bell;

And stops, and looks at the graves around,

And notes each finished and greening mound

　　Can placently,

As their shaper he,

And one who can do it well.

And with a prosperous sense of his doing,

Thinks he'll not lack

Plenty such work in the long onsuing Futurity,

For People will always die,

And he will always be nigh

To shape their cell.

　　我再没有勇气翻,诗里的意思是一个包做坟打丧钟的在墓园里走着欣欣的揣摩他自己的成绩,看一个个圆圆的坟全长了青草;他心想这辈子不愁没工作做因为下去人总得死,死了就有他来替他们经营长眠的地窟。真怪这老头,他每回想到死想到坟真像是觅到了安慰似的津津有味,一面他对生对现世绝对拒绝调和,尽他老惫的力量(那也就够凶)! 使劲拉破它们的外貌正像一个妒疯了的太太下毒手毁她男子的情人的脸子似的! 运命真恶作剧! 哈提他且不死哪。我看他至少还有二十年活!

载北京《晨报副刊·诗镌》第 8 期(1926 年 5 月 20 日)

徐志摩品诗

117

白郎宁夫人的情诗

一

"伟大的灵魂们是永远孤单的。"不是他们甘愿孤单,他们是不能不孤单。他们的要求与需要不是寻常人的要求与需要;他们评价的标准也不是寻常的标准。他们到人间来一样的要爱,要安慰,要认识,要了解。但不幸他们的组织有时是太复杂太深奥太曲折了,这浅薄的人生不能担保他们的满足。只有生物性生活的人们,比方说,只要有饭吃,有衣穿,有相当的异性配对,他们就可以平安的过去,再不来抱怨什么,惆怅什么。一个诗人,一个艺术家,却往往不能这样容易对付。天才是不容易伺候的。在别的事情方面还可以迁就,配偶这件事最是问题。想像你做一个大诗人或大画家的太太(或是丈夫,在男女享受平等权利的时候)! 你做到一个贤字,他不定见你情,你做到一个良字,他不定说你对,他们不定要生活上的满足,那他们有时尽可随便,他们却想像一种超生活的满足, 因为他们的生活不是生根在这现象的世界上。你忙着替他补袜子,端整点心,他说你这是白忙,他破的不是袜子,他饿的不是肚子! 这样的男人(或是女人)真是够别扭的,叫你摸不着他

(或她)的脾胃。他快活的时候简直是发疯,也许当着人前就搂住了你亲,也不知是为些什么。他发愁的时候一只脸绷得老长,成天可以不开口,整晚可以不睡,像是跟谁不共天日的过不去,也不知是又为些什么。一百个女人里有九十九喜欢她们的丈夫是明白晓畅一流,说什么是什么,顾实家,体惜太太,到晚上睡着了就开着嘴甜甜地打呼。谁受得了一个诗人,他——

...Wants to know

What one has felt from earliest days,

Why one thought not in other ways,

And one's loves of long ago.

因此室家这件事在有天才的人们十九是没有幸福的。"我不能想像一个有太太的思想家",尼采说。怎怪得狠多的大艺术家,比如达文謇与密仡郎其罗,终身不曾想到过成家?他们是为艺术活着的,再没有余力来敷衍一个家。就是在成家的中间,在全部思想文艺史上,你举得出几个人在结婚这件事上说得到圆满的。拜轮的离婚,他一生颠沛的张本,就为得他那太太只顾得替他补袜子端整点心。歌德一生只是浮沈在无定的恋爱的浪花间,但他的结婚是没有多大光彩的。庐骚先生检到了一个客寓里扫地的下女就算完事一宗。哈哀内的玛蒂尔代又是一个不认字的姑娘,虽则她的颜色足够我们诗人的倾倒。史文庞孤独了一生,济慈为了一个娶不着的女人呕血。喀莱尔蒙着了一个又俊又慧的洁痕韦尔许,但他的怪僻只酿成了一个历史上有名不快活的家庭。这一麓的人真难得知道幸福的。

119

二

本来恋爱是一件事,夫妻又是一件事。拿破仑说结婚是恋爱的埋葬。这话的意思是说这两件事儿是不相容的。这不是说夫妻间就没有爱。世上仅有十分相爱的夫妻。但"浪漫的爱",它那热度不是寻常温度表所能测量的,却是提另一回事。比如罗米欧与朱丽叶那故事。它那动人,它那美,它那力量,就在一个惨死。死是有恩惠的,它成全了真有情人热情的永恒。朱丽叶要是做了罗米欧太太,过天发了福,走道都显累赘,再带着一大群的儿女,那还有什么意味?剧烈的东西是不能久长的:这是物理。由恋爱而结婚的人当然多的是,但谁能维持那初恋时一股子又泼辣又猖獗像是狂风像是暴雨的热情?结婚是成家。家本身就包涵有长久,即使不是永久的意义。有家就免不了家务,家累,尤其免不了小安琪儿们的降生。所以全看你怎样看法。如其现代多的是新发明的种种人生观,恋爱观的种类也不得单简。最发挥狭义的恋爱观的要算是哥谛霭的马斑小姐, 她只准她的情人一整宵透明的浓艳的快乐,算是彼此尽情的还愿,不到天晓她就偷偷的告别,一辈子再不许他会面,她的唯一的理由就是要保全那"浪漫的热恋"的晶莹的印象。一往下拖就毁! 但是话说回来,这类的见解,虽则美,当然是窄,有时竟有害,为人类繁衍的大目标计,是不应得听凭蔓延的。爱是不能没有的,但不能太热了。情感不能不受理性的相当节制与调剂。浪漫的爱虽则是纯粹的吕律格,但结婚的爱也不是一定是宽弛的散文。靠着在月光中泛蓝的白石阑干,散披着一头金黄的发丝,在夜莺的歌声中呼吸情致的缠绵,固然是好玩,但戴上老棉帽披着睡衣看尊夫人忙着招呼小儿女的鞋袜同时得照料你的早餐的冷热，也未始没有一种可寻味的幽默。露水甜，雨水也不定是酸。

假如更进一步说，一对夫妻的结合不但是渊源于纯粹的相爱，不是肤浅的颠倒，而是意识的心性的相知，而且能使这部纯粹的感情建筑成一个永久的共同生活的基础，在一个结婚的事实里阐发了不止一宗美的与高尚的德性，那一对夫妻怕还不是人类社会一个永久的榜样与灵感？

三

但不幸这类完全的夫妻在人类社会上实在是难得，虽则恋爱与结婚同是普遍而且普通的一回事。好夫妻，贤孟梁，才子佳人，福寿双全子孙满堂的老伉俪，当然是有，多的是，但要一对完全创造性的配偶，在人类进化史上画高一道水平线，同时给厌世主义者一个积极的答复，那里有？男子间常有伟大的友谊，例如歌德与席勒的，他们那彼此相互的启发与共同擎举的事业是一个永远不可磨灭的灵感。夫妻呢？

在女子在教育上不曾得到完全的解放，在社会不得到与男子平等的地位，我们不能得到一个正确的夫妇的观念。在一个时候女性是战利品，在又一个时候女性是玩物。在一个时候女性是装饰，是奢侈品，在又一个时候女性是家奴。在所有的时候女性是"母畜"，它的唯一的使命与用处是为人类传种。因此人类的历史是男性的光荣，它的机会是男性的专利。直到最近的百年前，跟着一般思想的解放，女性身上的压迫方始有松放的希冀，又跟着女权的运动，婚姻的观念方始得到了根本的修正，原先的谬误渐次在事实的显著中消失。

徐志摩品诗

这是一件大事,因为女性的解放不仅给我们文化努力一宗新添的力量,它是我们理想中合理生活的实现的一个必要条件。夫妻是两个个性自由的化合;这是最密切的伙伴,最富创造性的一宗冒险。

四

诗人白郎宁与衣里查白·裴雷德的结合是人类一个永久的纪念。如其他们结婚以前的经过是一叶薰香的恋迹;他们结婚以后的生活一样是值得我们的赞美。如其他们彼此感情的交流是不涉丝毫强勉,他们各自的忍耐与节制同样是一宗理性的胜利。如其这婚姻使他们二人完全实现这地面上可能的幸福,他们同时为蹒跚的人类立下了一个健全的榜样。他们使我们艳羡,也使我们崇仰,他们不是那猥琐的局促的一流。如其白朗宁在这段情史中所表见的品格是男性的高尚与华贵,白夫人的则是女性的坚贞与优美与灵感。他们完全实现了配耦的理想,他们是一对理想的夫妻。

白郎宁是一个比较晚成的诗人,在他同时期的谭宜孙诗名眩耀全国的时候认识他的天才只有少数的几个人,例如穆勒约翰与诗人画家罗刹蒂,他在大英博物院中亲手抄缮白郎宁的第一首长诗。但他的诗,虽则不曾入时, 已经有幸运得着了衣里查白·裴雷德在深闺中的认识与同情。同时白郎宁也看到了裴雷德的诗,发见她引用他自己的诗句,这给了他莫大的愉快。这是第一步。经由一个父执的介绍,裴雷德是他的表妹,白郎宁开始与他未来的夫人通信。裴雷德早年是极活泼的一个女孩,但不幸为骑马闪损了脊骨,终年困守在她楼上的静室里,在一只沙发上过生活,莎士比亚与古希腊的诗人是她唯一的慰藉。她有一个严厉的经商的父亲，但她的姊妹是与她同情并且随后给她帮助的。她有一个忠心的女仆叫威尔逊，一只更忠心的狗叫佛露喜。她比白郎宁大至六岁，与他开始通信的那年已是三十九岁。

你们见过她的画象不能忘记她那凝注的悲怆的一双眼，与那蓬松的厚重的两鬓垂鬈。她的本来是无欢的生活。一个废人，一个病人，空怀着一腔火热的情感与希有的天才，她的日子是在生死的边界上黯然的消散着。在这些黯惨的中间造化又给她一下无情的打击。她的一个爱弟，无端做了水鬼，这惨酷的意外几于把她震成一种失心的狂痫，正如近时曼殊斐儿也有同样的悲伤。她是一个可怜人，哀愁与绝望是人生给她的礼物。

但这哀愁与绝望是运定不久长的。当代她最崇拜的一个诗人开始对她谦卑的表示敬意，她不能不为他的至诚所感动。在病榻上每日展读矫健敦笃的来书，从病榻上每日邮送郑重缠约的去缄。彼此贡献早晚的灵感，彼此许诺忠实的批评。由文学到人生，由兴会到性情，彼此发见彼此间在是一致的同心。在不曾会面以先，他俩已经听熟了彼此的声音——不可错误的性灵的声音。

这初期五个月密接的通信，在她感到一种新来的光明驱散了她生活上的暗塞，在他却是更深一层的认识。这还不是她理想中的伴侣？没有她人生是一个伟大的虚无，有了她人生是一个实现的奇迹，他再不能怀疑，这是造化恩赐给他的唯一的机缘。她准许他去见她，在她的病房中，他见着她，可怜的瘦小的病模样，蜷伏在她的沙发上，贵客来都不能欠身让坐！他知道这是不治的病，但他只感到无限的悲怜。他爱她，他不能不爱她。在第一次会见以后，伟大的白郎宁再不能克制他的热情。他要她。他的尽情倾吐的一封信给了温斐尔街五十号的病人一

123

次不预期的心震,一宵不眠的踌躇。到早上她写回信,警告他再要如此她就不再见他。伟大的白郎宁这次当真红了脸,顾不得说谎,立即写信谢罪,解释前信只是感激话说过了分,请求退还原函(他生平就这一次不说真话)。信果然退了回来,他又带着脸红立即给毁了去(他们的通信单缺了这一封,这使白夫人事后颇感到懊怅的)。这风险过去,他们重复回到原先平稳的文字的因缘。裴雷德准许他的朋友过时去看她,同时邮梭的投织更显得殷勤,他讲他的意大利忻快的游踪,但她酬答他的只有她的悲惨的余生——这不使他感到单调吗?他们每周会面的一天是他俩最光亮的日子。他那时住在伦敦的近郊。这正是花香的季候,乡间的清芬,黄的玫瑰,紫的铃兰,相继在函缄内侵入温斐尔街五十号的楼房。裴雷德的感情也随着初秋的阳光渐渐的成熟。她不能不把她心里的郁积——她的悲哀,她的烦闷——缓缓地流向她唯一朋友的心里。他的感激又是一度的过分,但他还记得他三月前的冒昧,既然已经忍何妨忍耐到底。他现在早已认定,无上的幸福是他的了。她不能一天不接他的信,她不能定心,她求他"一行的慈善",她的心已经为他跳着了。但她还不能完全放开她的踌躇。她能承受他的爱吗?这是公平吗?他,一个完全的丈夫。她,一个颓废的病人。他能不白费他的黄金吗?这砂留得住这清泉吗?她是一个对生命完全放弃的人,幸福,又是这样的幸福,这念头使她忖着时都觉得眩晕。但这些不是阻难。在他只求每天在她的身旁坐一小时,承受她的灵感,写他的诗,由此救全他的灵魂,他还有什么可求的? 不,她即使是永远残废都不成问题,他要的只是性灵的化合。她再不能固执,再不能坚持,她只求他不要为她过分迁就,她如其有命,这命完全是他一手救活的,对他她只有无穷的感恩。她准许他用她的乳名称呼!

124

五

现在唯一的困难就只裴雷德的家庭，她的父亲。他不能想像他女儿除了对上帝和他自己的忠贞还能有别的什么感情的活动。他是一个无可通融的。他唯一的德性是他每天非得到下午六点不得回家，这一点他的女儿们都是知感的。裴雷德想到南方去，地中海的边沿，阳光暖和处去养息身体，因为她现在的生命是贵重的了。从死的黑影里劫出来，幸福已经不是不可能的梦想了。但她的父亲如何能容她有这种思想。她只要一开口这狮子就会叫吼得一屋子发震。她空怀着希望，却完全没有主意。她的朋友是永远主张抵御恶的势力的，他贡献他的勇敢，他建议积极的动作。裴雷德不能不信任他那雄健的膀臂与更雄健的意志。同时他俩的感情也已经到了无可再容忍的程度。至少在文字上他们再不能防御真情的泛滥。纯粹的爱在了解的深处流溢着。他们这时期的通信不再是书束，不再是文字，是——"一对搏动的心"。从黑暗转到光明，从死转到爱，从残废的绝望转到健康的欢欣，爱的力量是一个奇迹。等到第二个春天回来的时候，裴雷德已经恢复她步履的愉快，走出病室的因困，重享呼吸的清新。在阳光下，在草青与花香间，在禽鸟的歌声中，她不能不讶异生活的神秘，不能不膜拜造化的慈恩。他给她的庄严的爱在她的心中像是一盘发异香的仙花，她是在这香息中迷醉了。正如他的玫瑰，他的铃兰曾经从乡间输入她的深闺，她这时也在和风中为他亲手采撷浓蕊的蝴蝶花。在这些甜蜜的时光的流转中，她的家庭的困难一天严重似一天，她的父亲的颠顶是无法可想的，这使情人们不得不立即商量一条甘脆的出路。他们决意走。到意大利去，他俩

125

的精神的故乡。他们先结了婚,在一个隐僻的教堂里,在上帝的跟前永远合成了一体;再过了几天他俩悄悄的离别了岛国,携着忠心的威尔逊与更忠心的佛露喜,投向自由的大陆,攀度了阿尔帕斯,在阿诺河入海处玲珑的皮萨城中小住,随后又迁去翡冷翠,在那有名的 Casa Euidi 中过他们无上的幸福的生活。

六

这无上的幸福有十五年的生命,在这十五年中他俩不知道一天的分离。他们是爱游历的,在罗马与巴黎与伦敦间他们流转着他们按季候的踪迹。白夫人,本来一个沙发上的废人,如今是一个健游者,巴黎是她的"软弱",意大利是她的"热情",她也能登山,也能涉水。她的创作的成绩也不弱于她的"劳勃脱",虽则她是常病,有时还得收拾她的"盆"儿的嘴脸与袜鞋。他俩的幸福正是英国文学的幸福。劳勃脱在他的"巴"的天才的跟前,只是低头,他自己即使有什么成就,那都是她的灵感。"盆"儿是他们最大的欢欣,忠心的佛露喜也给他们不少的快乐。在交友上他们也是十分幸运的。白郎宁的刚健与博大,他夫人的率真与温驯,使得凡是接近他们的没有不感到深彻的愉快。出名坏脾气的喀莱尔,"狂窜的火焰"似的老诗人兰道(Savage Landor),长厚的谭尼孙,伟大的罗斯金,美秀的罗刹蒂弟兄,都一致倾倒这一双无双的佳耦。罗刹蒂最说得妙,他说他就奇怪"那两个小小的人儿(指白氏夫妇)何以会得包容真实世界的那么多的一部分,他们在舟车上占不到多大位置,在客寓里用不到一只双人床",他们所知道的唯一的悲伤与遗憾就只白郎宁的母亲的死和白夫人父亲的崛强,他们的幸福始终得不到他的宽恕。白夫人对意大利的自由奋斗有最热烈的同情,也正当意大利得到完全解放的那一年—— 一八六一——白夫人和她的劳勃脱永诀。如其她在生时实现了人生的美满,她的死更是一个美满的纪录。她并没有什么病痛,只是觉得倦,临终的那一晚她正和白郎宁商量消夏的计划。"她和他说着话,说着笑话,用最温存的话表示她的爱情;在半夜的时候,她觉着倦,她就偎倚在白郎宁的手臂上假寐着。在几分钟内,她的头垂了下来。他以为她是暂时的昏晕,但她是去了,再不回来。"那临终时一些温存的话是白郎宁终身的神圣的纪念。她最后的一句话, 回答白郎宁问她觉到怎么样, 是一单个无价的字——"Beautiful"! "微笑的,快活的,容貌似少女一般",她在她情人的怀抱中瞑目。

七

美! 苦闷的人生难得有这样完全的美满! 这不仅是文艺史的一段佳话,这是人类史上一次光明的纪录。这是不可磨灭的。这是值得永久流传的。但这段恋史本身固然是可贵,更可贵的是白夫人留给我们那四十四首十四行诗(The Sonnets from the Portuguese)。在这四十四首情诗里白夫人的天才凝成了最透明的纯晶。这在文学史上是第一次一个女子澈透的供承她对一个男子的爱情,她的情绪是热烈而抟聚的,她的声音是在感激与快乐中颤震着,她的精神是一团无私的光明。我们读她的情诗,正如我们读她的情书,我们不觉得是窥探一种不应得探窥[护]的秘密,在这里正如在别的地方,真诚是解释一切,辨护一切,洁化一切的。她的是一种纯粹的热情,它的来源是一切人道与美德的来源,她的是不灭的神圣的火焰。只有白夫人才能感受这些伟大的情绪,也只有她才能

徐志摩品诗

不辜负这些伟大的情绪。这样伟大的内心的表现是稀有的。

关于那四十四首诗也还有一小段的佳话。白夫人发心写这一束情诗大约是在她秘密结婚以前，也许大半还是在她那楼房里写的。她不让白郎宁知道她的工作，她只在一次通信上隐隐的提过，"将来到了皮萨，"她说，"我再让你看我现在不给你看的东西。"他们夫妇俩写诗的工作是划清疆界的。在一首诗完成以前，谁都不能要求看谁的。在皮萨那时候，白夫人的书房是在楼上，照例每天在楼下吃过早饭，她就上楼去作工，让他在楼下做他的。有一天早上白夫人已经上楼去，白郎宁正站在窗前看街，他忽然觉得屋子里有人偷偷的走着，他正要回头，他的身子已经叫他夫人给推住了，叫他不许动，一面拿一卷纸塞在他的口袋里。她要他看一遍，要是不喜欢就把它撕了，话说完就逃上了楼去。这卷纸就是她那一束的情诗。白郎宁看过了就直跳了起来，说：她不但是给了他一份无价的礼物，她是给人类创造了一种独一的至宝。因此他坚持她有公开这些诗的必要。最早的单印本是一八四七年在李亭地方印的送本，书面上写着——Sonnets by E.B.B.一八五〇年的印本才改称"Sonnetsts from the portuguess"，那是白郎宁的主意。他特别挑葡萄牙因为她有过一首诗（"Cotarina to Camoens"）是讲葡萄牙的一段故事，他又常把夫人叫作"我的小葡萄牙人"。这四十四首情诗现在已经闻一多先生用语体文译出。这是一件可纪念的工作。因为"商籁体"（一多译）那诗格是抒情诗体例中最美最庄严，最严密亦最有弹性的一格，在英国文学史上从汤麦斯槐哀德爵士（Sir Thomas Wyatt）到阿寨沙孟士（Authur Symons）这四百年间经过不少名手的应用还不曾穷尽它变化的可能。这本是意大利的诗体，彼屈阿克（Petrarch）的情诗多是商籁体，在英国槐哀德与石垒伯爵（Earl of Sarrey）最初试用时是完全仿效彼屈阿克的体裁与音韵的组织,这就叫作彼屈阿克商籁体。后来莎士比亚也用商籁体写他的情诗,但他又另创一格,韵的排列与意大利式不同,虽则规模还是相仿的,这叫做莎士比亚商籁体。写商籁体最有名的,除了莎士比亚自己与史本塞,近代有华茨华士与罗刹蒂,与阿丽思梅纳儿夫人,最近有沙孟士。白夫人当然是最显著的一个。她的地位是在莎士比亚与罗刹蒂的中间。初学诗的狠多起首就试写商籁体,正如我们学做诗先学律诗,但狠少人写得出色,即在最大的诗人中,有的,例如雪莱与白郎宁自己,简直是不会使用的(如同我们的李白不会写律诗)。商籁体是西洋诗式中格律最谨严的,最适宜于表现深沉的盘旋的情绪。像是山风,像是海潮,它的是圆浑的有回响的音声。在能手中它是一只完全的弦琴,它有最激昂的高音,也有最呜咽的幽声。一多这次试验也不是轻率的,他那耐心先就不易,至少有好几首是朗然可诵的。当初槐哀德与石垒伯爵既然能把这原种从意大利移植到英国,后来果然开结成异样的花果,我们现在,在解放与建设我们文字的大运动中,为什么就没有希望再把它从英国移植到我们这边来?开端都是至微细的,什么事都得人们一半凭纯粹的耐心去做。为要一来宣传白夫人的情诗,二来引起我们文学界对于新诗体的注意,我自告奋勇在一多已经锻炼的译作的后面加上这一篇多少不免蛇足的散文。

第一首

我们已经知道在白朗宁远不曾发见她的时候,白夫人是怎么样一个在绝望中沈沦着的病人。她简直是一个残废。年纪将近四十,在病房中不见天日,白夫人自分与幸福的人生是永远断绝缘分了的。但

徐志摩品诗

她不是寻常女子，她的天赋是丰厚的，她的感情是热烈的。像她这样人偏叫命运给"活埋"在病废中，够多么惨！白郎宁对她的知遇之感从初起就不是平常的，但在白夫人，这不仅使她惊奇，并且使她苦痛。这个心理是自然的，就比是一个瞎眼的忽然开眼，阳光的激刺是十分难受的。

　　在这第一首诗里她说她自己万不料想的叫"爱"给找到时的情形，她说的那位希腊诗人是梯奥克主德斯(Theocritus)。他是古希腊文化最迟开的一朵鲜花。他是雪腊古市人，但他的生活多半是西西利岛上过的。他是一个真纯乐观的诗人。在他的诗里永远映照着和暖的阳光，回响着健康的笑声。所以白夫人在这诗里说她最初想起那位乐观诗人，在他光阴不是一个警告因为他随时随地都可以发见轻松的快活的人生。春风是永远骀荡的，果子永远在秋阳中结实，少也好，老也好，人生何处不是快乐。但她一转念想着了她自己。既然按那位诗人说光阴是有恩有惠的，她自己的年头又是怎样过的呢。她先想起她的幼年，那时她是多活泼的一个孩子，那些年头在回忆中还是甜的，但自从她因骑马闪成病废以来她的时光不再是可爱，她的一个爱弟又叫无情的水波给吞了去，在这打击下她的日子益发显得黯惨，到现在在想像中她只见她自己的生命道上重重的盖着那些怆心的年分的黑影，她不由的悲不自制了。但正在这悲伤的时候她忽然觉到在她的身后晃动着一个神秘的形像，它过来一把拧住了她的头发直往后拉。在挣扎中她听着一个有权威的声音——"你猜猜，这是谁揪住你？""是死吧。"她说，因为她只能想到死。但是那"银钟似"的声音的答话更使她奇特了，那声音说——"不是死，是爱。"

第二首

这一声银钟似的震荡顿时使她从悲惋的迷醉中惊醒。她不信吗？不，她不能不信，这声音的充实与响亮不能使她怀疑。那末她信吗？这又使她踌躇。正如一个瞎眼的重见天日，她轻易还不能信任她的感觉。她的理性立时告诉她："这即使是真，也还是枉然的。你想你能有这样的造化吗？运命，一向待你苛刻的运命，能骤然的改变吗？"枉然的，她想不错，虽则爱乔装了死侵入了她的深闺，他还是不能留的。爱不能留，因为运命不许——造物不许，所以在这首诗里她说在爱开口的时候只有三个人听见，说话的你，听话的我，再就是无所不在的上帝。在她还不曾从初起的惊疑中苏醒，她似乎听到在她与他中间的上帝已经为他们下了案语。他说"你配吗？"她顿时觉得这句刺心的话黑暗似的障住了她的眼，这使她连睁眼对爱一看的机会都给夺去了。她巴望她自己还是死了的好，死倒也罢了：这活着受罪，已然见到光明还得回向黑暗的可怖，是太难受了。但上帝的是无上的权威，他喝一声"不行"，比别的什么阻难更没有办法。人间的阻隔是分不了我们的，海洋的阔大不能使我们变异，风雨的暴戾也不能使我们软弱。任凭地面上的山岭有多么高，我们还得到天空里去携手。即使无际的天空也来妨碍我们的结合，我们也还得超出天空到更辽远的星海中去实现我们的情爱。

第三首

所以不是阻碍，那不是情人们所怕的，但我还得凭理性来忖忖这句话"你配吗？"我配吗？我现在已然见到了你。我不能不把事实的真相

131

认一个清切。你爱我,不错,但是,我的贵人,我俩实在不是一路上的人! 我们的生活,我们的归宿,都不是一致的,即使我们曾经彼此相会,呵护你的与我的两个安琪儿们彼此是不相认的,在他们的翅膀相与交错时,他俩都显着诧异,因为我们本来是走不到一起的。你想,你自己是何等样人,我如何能攀附得着你的高贵?你是王后们的上宾,在她们的盛大的筵会上,你是一个崇仰与爱慕的目标,几百双的妙眼都望着你(它们要比我的泪眼更显得光亮),要求你施展你的吟咏的天才。这样的你与我又有什么相关,我是一个穷苦的,疲倦的,流浪的唱唱儿的,偎倚着一棵苍劲的翠柏,在黑暗中歌唱着凄凉的音调,你站在那灯光明艳的窗子里边望着我,你是什么意思,能有什么意思?在你前额上涂着的是祝福的圣油,——在我就有冰凉的露水。那样的你,这样的我,还有什么说的?在生前是无望的了,除非到了死,那平等一切的死,我们才有会合的希望。

第四首

你是一个大诗人,一个高雅的歌者,只有华丽的宫院才配款留你的踪迹。你是人中的凤,为要看着你从腴满的口唇吐露异样的清商,舞女们不由的翘企着她们的脚踪。这些才是你的去处,你为什么偏要到我的门外来徘徊? 我的是卑陋的门庭,怎当得起大驾的枉顾?你难道当真舍得漫不经心的让你的妙乐掉落在我的门前,浪费你黄金比价的诗才?你不信时抬头来看这是一个什么的所在。屋子是破烂的,窗户是都叫风雨侵蚀坏了的,小心这屋椽间飞袭出怪状的蝙蝠与鸱鸮,因为它们是在这里做家的。你有你的琵琶,我这里,可怜,只有慰情长夜的秋虫。请你再不要弹唱了，因为响应你的就只一些荒凉的回音，你唱你的去罢，我的心灵深处有一个声音在悲泣着，孤独的，寂寞的。

第五首

到上首为止诗的音调是沈郁与凄怆。一份眩耀的至礼已经献致在她的跟前，但她能接受吗？她的半墓穴似的病室能霎时间容受这多的光辉与温暖吗？她已经忍着心痛低喊了一声"挡驾"但那位拜门的贵人还是耐心的等候着。他这份礼是送定了的。他的坚决，他的忍耐，尤其是他的诚意，不能不使她踌躇。从这首诗起我们可以看出她的情绪，像一弯玲珑的新月，渐渐的在灰色的背幕里透露出来。但她还得逼紧一步。这回她声音放大了，她仿佛说，"你再不躲开，将来要有什么懊悔，你可赖不了我！我的话是说完了的"。最初她是万想不到爱会得找着她，她想到的只有死，她第一个念头以为这只是运命的一种嘲讽，她如何再能接近爱，但爱的迫切再不能使她疑惑，那么是真的，她非但不曾走入死道，在她跟前站着的的确是爱。她非但听清了它的声音，她也认清了它的面目。她又一转念这还是白费，她如何能收受它，她与他什么都是悬殊的。但爱只当没有听见她的话，一双手还是对她伸着。她有点儿动了。但她还得把话说明白了。爱如果一定要她，她也未始不知道感激，她可不能让他误会，她不是不回他的爱，她是怕害他，所以在这首诗里她说：——我严肃的捧起我的心来，如同古代的绮雷克拉捧着她那尸灰坛，我一见你眼内的神情，不由的失手倒翻了我的心坛，把所有的灰一起泼在你的跟前。这回我再不然隐瞒了，我的心已经一起倒了出来。你看看这是些什么？就是些死灰，中间隐隐还夹着些血红的火星在灰堆里透着光亮。你这一看出我的寒伧，要是你鄙蔑的一脚踹灭了这些余烬，给它们一个永远的黑暗，那倒也完事一宗，再没有麻烦了。但如其你站着不动，回头风一吹动重新把这堆死灰吹活了过来，那可危险了，亲爱的，这火要是在风前一旺，就难保不会烧着你的发肤，纵然你头上戴着桂冠，怕也不能保护你吧。因此我警告你还是站远些的好，你去你的吧。

第六首

在这五六两首的中间，评衡家高士(Edmund Gosse)狠有见地的指出白夫人另有一首绝美的短诗叫作《问与答》的应得放在一起读。那首诗与商籁体第五首(即上一首)表现同一种情调，但这是宛转的清丽的，不同上一诗的激昂嘹亮。意思是说你心目中所要的爱当然是热烈蓬勃一流，你怎么来找着我？你错了罢？你有见过在雪地里发芽开花的玫瑰没有？它不但不能长，就有也叫雪给冻死了。我的身世只是一片的冬景，满地的雪，那有什么鲜艳的生命？你一定是走错了，到这雪地里来寻花！你看你脚上不是已经踏着了雪，快洒脱吧，回头让你也给冻了。(第一段)我又好比是一处残破的古迹，几叠乱石子，长着些个冷落的青藤，你到这边来又是为什么了？你倒是要寻葡萄苹果呢，还是就为了这些可怜的绿叶？如果你是为了绿叶来的，那么好吧，既然承你情，你就不妨顺手摘三两张带回去做一个纪念也好！

但这时候白夫人心里的雪早就化了。叫白郎宁火热的爱给烫化了！所以在第六首里，她虽则开口还是"躲着我去吧"接着就是她的"软化"的招承。

趁早躲开我吧。但我从今后再不是原先的我，我此后永远在你的阴影下站着。我再不能在我单独的身世的门前呼吸我的思想，也不能在阳光里静定的举起我的手掌，而不感觉到你给我的深邃的影响。我的掌心永远存记着你的抚摩。你的心已经交互在我的心里，我的脉搏里跳荡着你的脉搏。我的思想里有你，行动里有你，梦里也有你。正如在葡萄酒里尝出葡萄的滋味，我的新来的生命里也处处按得出你造成它的原素。每回我为我自己对上帝祈求，他在我的声音里听出你的名字，在我的眼睛里他看出两个人的眼泪。

第七首

自从我听得你灵魂的脚步走近我的身畔，仿佛这整个的世界都为我改变了面目。我本来只是在死的边沿上逗留着，自分早晚都在往下吊，谁想到爱来救了我，抱住了我，教给我生命的整体，在一种新的节奏里波动着。有了你近在我的身边，我的悲苦的已往都取得了意味，多甜的意味，那是上帝为我特定下的灵魂的浸礼。有了你这地面这天都变了样，我还能怨吗？就说我现在弹着的琴，唱着的歌，它们的可爱也就为有你的名字在歌声与琴韵里回响着。

第八首

这一弯眉月似的情绪已经渐渐的开展。在每一个字里跳跃着欢喜与感激，在每一个字里预映着圆满的光明。但她还得踌躇。一层浅包的游云暂时又掩住了亮月的清光。初起"我配吗"那一个动机又浮现了上来。她说：——

你待我当然是再好没有的了，我的慷慨大量的恩人。你送我这份礼是最重也没有了。你带了你的无价的纯洁的心来，放在我的破屋子的墙外，听凭我收受或是鄙弃，可是我要是收了你这份厚礼，我又有什么东西来回敬你呢？不受太负了你，受了我又实在说不过去，人家能不骂我冷心肠说我无情义吗？但不是的，我不是冷，也不是狠，说实话，我是穷。上帝知道，不信你问他。日常的涕泪冲淡了我生命的颜色，剩下的就只这奄奄的惨白的躯体。我怎么能不自惭形秽，这是不配用作你的枕头的，实在是不配。你还是去你的吧！我这样的身世是只配供人践踏的。

第九首

但是话说回来，我也并不是完全没有东西给你，最使我迟疑的就在这"事情的对不对"。我能给你些什么？什么也没有，除了眼泪，除了悲伤，因为我一辈子是这样过来的。我虽则有时也会笑，但这些笑都是不能长驻的，你劝我，你开导我，也是枉然。我实在的担忧，这是不对的！我不能让你为我这么受罪。你我不是同等人，如何能说到相爱。你待我那么厚，我待你这么寒伧，这如何能说得过去？去吧，可叹，我不能让我的灰土沾污你的袍服，我不能让我的悲苦连累你的爽恺的心胸，我也不能给你什么爱——这事情是不公平的呀！我爱，我就只爱你！再没有什么说的了。

第十首

在这首诗那一道云又扯了过去,更显得亮月的光明。她说——

我不说我是穷得什么东西都不能给你除了我的涕泪与悲伤吗?但是我爱你是真的。我初起只是放心不下这该不该:像我这样人该不该爱你?我总觉得有些不公平,拿我这寒伧的来交换你那高贵的。但我转念一想这事情也不能执著一边看,也许在上帝的眼里,凭我的血诚,我这份回敬的礼物不至于完全没有它的价直。爱,只要是爱,不沾染什么的纯粹的爱,就不丑,就美,这份礼是值得收受的。你没有看见火吗?不论烧着的是圣庙或是贱麻,火总是明亮的。不论烧着的是松柏或是芜草,光焰是一般的。爱就是火。即如我现在,感着内心的驱使再不能隐匿我灵魂的秘密,朗声的对你供承"我爱你"——听呀,我爱你——我就觉得我是在爱的光焰里站着,形貌都变化了,神明的异彩从我的颜面对向着你的放射。说到爱高卑的分别是没有的:最渺小的生灵们也献爱给上帝,上帝还不一样接受它们的爱并且还爱它们。相信我,爱的灵感是神奇的。我又何尝不明白我自己的本真,但盘旋在我心里的那一团圣火照亮了我的思想,也照亮了我的眉目。这不是爱的伟大的力量可以"升华"造物的工程的一个凭证吗?

载上海《新月》杂志第 1 卷第 1 号(1928 年 3 月)

徐志摩品诗

一个行乞的诗人

1.Collected Poems of William H. Davies

2.Antobiography of a Super Tramp

3.Later Days

4.A Poet's Pilgrimage

一

　　萧伯讷先生在一九〇五年收到从邮局寄来的一本诗集，封面上印著作者的名字，他的住址和两先令六的价格。附来作者的一纸短简，说他如愿留那本书，请寄他两先令六，否则请他退回原书。在那些日子萧先生那里常有书坊和未成名的作者寄给他请求批评的书本，所以他接到这类东西是不以为奇的。这一次他却发见了一些新鲜，第一那本书分明是作者自己印行的，第二他那住址是伦敦西南隅一所硕果仅存的"佃屋"，第三附来的短简的笔致是异常的秀逸而且他那办法也是别致。但更使萧先生奇怪的是他一着眼就在这集子小诗里发见了一个真纯的诗人，他那思想的清新正如他音调的轻灵。萧先生

138

决意帮助这位无名的英雄。他做的第一件好事是又向他多买了八本,这在经济上使那位诗人立时感到稀有的舒畅,第二是他又替他介绍给当时的几个批评家。果然在短时期内各种日报和期刊上都注意到了这位流浪的诗人,他的一生的概况也披露了,他的肖影也登出了——他的地位顿时由破旧的佃屋转移到英国文坛的中心!他的名字是惠廉苔微士,他的伙伴叫他惠儿苔微士(Will Davies)。

二

苔微士沿门托卖的那本诗集确是他自己出钱印的。他的钱也不是容易来的。十九镑钱印得二百五十册书。这笔印书费是做押款借来的。苔微士先生不是没有产业的人,他的进款是每星期十个先令(合华银五元),他自从成了残废以来就靠此生活。他的计画是在十先令的收入内规定六先令的生活费,另提两先令存储备作印书费,余多的两先令是专为周济他的穷朋友的。他的住宿费是每星期三先令六(在更俭的时候是二先令四,在最俭的时候是不化一个大,因为他在夏季暖和时就老实借光上帝的地面,在凉爽的树林里或是宽大的屋檐下寄托他的诗身!),但要从每星[期]两先令积成二三十镑的巨款当然不是易事,所以苔微士先生在最后一次的发狠决意牺牲他整半年的进款积成一个整数,自己跷了一条木腿,袋了一本约书,不怎样乐观却也不绝望的投向荡荡的"王道"去。这是他一生最后一次,也是最辛苦的一次流浪,他自己说:——

再下去是一回奇怪的经验,无可名称的一种经验;因为我居

徐志摩品诗

然还能过活；虽则我既没有勇气讨饭，又不甘心做小贩。有时我急得真想做贼，但是我没有得到可偷的机会，我依然平安的走着我的路。在我最感疲乏和饥慌的时候——我的实在的状况益发的黑暗，对于将来的想望益发的光鲜，正如明星的照亮衬出黑夜的深荫。

　　我是单身赶路的，虽则别的流氓们好意的约我做他们的旅伴，我愿意孤单因为我不许生人的声音来扰我的清梦。有好多人以为我是疯子，因为他们问起我当天所经过的市镇与乡村我都不能回答。他们问我那村子里的"穷人院"是怎样的情形，我却一点也不知道因为我没有进去过。他们要知道最好的寓处，这我又是茫然的因为我是寄宿在露天的。他们问我这天我是从那一边来的，这我一时也答不上；他们再问我到那里去，这我又是不知道的。这次经验最奇怪的一点是我虽则从不看人家一眼，或是开一声口问他们乞讨，我还是一样的受到他们的帮助。每回我要一口冷水，给我的却不是茶就是奶，吃的东西也总是跟着到手。我不由的把这一部生活认作短期的牺牲，消磨去一些无价值的时间为要换得后来千万个更舒服的；我祝颂每一个清朝，它开始一个新的日子，我也拜祷每一个安息日晚上，因为它结束了又一个星期。

这不使我们想起旧时朝山的僧人，他们那皈依的虔心使他们完全遗忘体肤的舒适？苔微士先生发见流浪生活最难堪的时候是在无荫蔽的旷野里遇雨，上帝保佑他们，因为流浪人的行装是没有替换的。有一天他在台风的乡间捡了一些麦柴，起造了一所精致的，风侵不进，露零

不着的临时公馆,自幸可以暖暖的过一夜,却不料:

> 天下雨了。在半小时内大块的雨打漏了屋顶,不到一小时这些雨点已经变成了洪流。又只能耐心耽着,在这大黑夜如何能寻到更安全的荫蔽。这雨直下了十个钟头,我简直连皮张都浸透了,比没身在水里干不了多少——不是平常我们叫几阵急雨给零潮了的时候说的"浸透了皮"。我一点也不沮丧,把这事情只看作我应分经受的苦难的一件。到了第二天早上我在露天选了一个行人走不到的地点,躺了下来,一边安息,一边让又热又强的阳光收干我的潮湿。有两三次我这样的遭难,但在事后我完全不觉得什么难受。

头三个月是这样过的,白天在路上跑,晚上在露天寄宿,但不幸暖和的夏季是有尽期的,从十月到年底这三个月是不能没有荫蔽的。一席地也得要钱,即使是几枚铜子,苔微士先生再不能这样清高的流浪他的时日。但高傲他还是的,本来一个残废的人,求人家帮助是无须开口的,他只要在通衢上坐着,伸着一只手,钱就会来。再不然你就站在巡警先生不常到的街上唱几节圣诗,滚圆的铜子就会从住家的窗口蝴蝶似的向着你扑来。但我们的诗人不能这样折辱他的身分,他宁可忍冻,宁可挨饿,不能拉下了脸子来当职业的叫化。虽则在他最窘的日子,他也只能手拿着几副鞋带上街去碰他的机会,但他没有一个时候肯容自己应用乞丐们无耻的惯技。这样的日子他挨过了两个月,大都在伦敦的近郊,最后为要整理他的诗稿他又回到他的故居,亏了旧时一个难友借给他一镑钱,至少寄宿的费用有了着落。他的诗集是三月初印得的，但第一批三十本请求介绍的送本只带回了两处小报上冷淡的案语。日子飞快的过去，同时他借来的一点钱又快没了，这一失望他几乎把辛苦印来的本子一起给毁了！最后他发明了寄书求售的法子，拼着十本里卖出一两本就可以免得几天的冻饿，这才蒙着了萧先生的同情，在简短的时日内结束了他的流浪的生涯。

三

但这还只是苔微士先生多曲折的生活史里最后的一个顿挫，最逼近飞升的一个盘旋。在他从家乡初到伦敦的时候，他虽则身体是残废，他对于自己文学的前途不是没有希望。他第一次寄稿给书铺，满想编辑先生无意中发见了天才竟许第二天早上就会赶来求见他，或是至少，爽快的接受他的稿件，回信问他要预支多少版税。他的初作是一篇诗剧，题目叫《强盗》。邮差带回来的还是他的原稿，除了标题，竟许一行都不曾邀览！他试了又试，结果还是一样，只是白化了邮资，污损了稿本。他不久就发见了缘故。他的寓址是乞丐收容所的变相，他的题目又不幸是《强盗》，难怪深于世故的书店主人没有敢结交他做朋友！但是他还得尝试。他又脱稿了一首长诗，在这诗里他荟集了山林的走兽，空中的飞禽，甚至海底的鱼虾，在一处青林里共同咒骂人类的残忍，商量要秘密革命，乘黑夜到邻近的一个村庄里去谋害睡梦中的居民！这回他聪明了另换了不露形迹的地址，同时寄出了两个副本，打算至少一处总有希望。一星期过去没有消息，我们的作者急了，不为别的，怕是两处同时要定了他的非常的作品。再等了几天一份稿件回来了，不用，那一份跟着也回来了，一样的不用。苔微士先生想这一定是长诗不容易销,短诗一定有希望,他一坐下来又产生了几百首的短诗,但结果还是一样的为难,承印是有人了,但印费得作者自己担负。一个靠铜子过活的如何能拿得出几十个金镑?但为什么不试试知名的慈善家?他试了。当然是无结果。他又有了主意,何妨先印两千份一两页的"样诗",卖三个辨士一份,自己上街兜卖去,卖完了不就是六千个辨士,合五百个先令,整整二十五个金镑,恰巧印书的费用!但这也得印费,要三十五先令,他本有一些积蓄,再熬了几星期的饿,这一笔款子果然给凑成了。二千份样诗印了来,明天起一个大早,满心的高兴和希望,苔微士先生抱了一大卷上街零售去了。他见了人就拉生意,反复的说明他想印书的苦衷,请求三辨士的帮助。他走了三十家,说干了嘴,没有人明白他是什么意思,也没有人理会他,一本也卖不掉!难得有一半个人想做好事,但三辨士换一张纸,似乎太不值得了。诗,什么是诗?诗是干什么的?你再会说话他们还是不明白。最后他问到了一所较大的屋子,一个女佣出来应门。他照例说明他的来意,那位姑娘瞪大了眼望着他。"玛丽,谁在那里?"女主人在楼梯上面问。她回说有人来卖字纸的。"给他这个铜子,叫他去吧",一个铜子从楼梯上滚了下来。苔微士先生到手了一个铜子,但他还是央着玛丽拿这张纸给她主人看。竟许她是有眼光的,竟许她赏识我,竟许她愿意出钱替我印书,谁知道!但是楼梯上的声音更来得响亮而且凶狠了:"玛丽,不许拿他什么东西,你听见了没有?"在几秒钟内苔微士先生站在已经关紧的门外,掌心里托着一个孤独的辨士!得,饿了肚子跑酸了腿说干了嘴才到手了一个铜子,这该几十年才募得成二十五个金镑?而况回去时实在跑不动了还得化三辨士坐电车!苔微士先生一发狠把二千份样诗一口气给毁了,一页也没有存。

四

为了这一次试验的损失，苔微士先生为格外节省起见迁居到一个救世军的收容机关。他还是不死心，还是想印行他的诗集。这回的灵感是打算请得一张小贩的执照，下乡做买卖去。这样生活有了着落，原来每星期的进款不是可以从容积聚起来了吗？况且贩卖鞋带针簪钮扣还难说有可观的盈余。这样要不了半年工夫就可以有办法。苔微士先生的眼前着实放了一些光亮。但要实行这计划也不是没有事前的困难。第一他身上这条假腿，化他十几镑钱安上的，经了两三年的服务早已快裂了，他那有钱去另买一条腿？好容易他探得了一处公立的机关，可以去白要一只"锥脚"。但这也有手续。你得有十五封会员的荐信。苔微士先生这回又忙着买邮花发信了。在六星期内他先后发了一百多封信(这是说化了他一百多分邮花外加信纸费)，但一半因为正当夏天出门的人多，他得到的回信还是不够数。在这个时候一个慈善机关忽然派人来知照他说有人愿意帮他的忙。他当然如同奉到圣旨似的赶了去，但结果，经过了无数的手续，无数的废话，受了无数的闷气，苔微士先生还是苔微士先生！不消说那慈善机关的贵执事们报告给那位有心做好事的施主，说他是一个不值得帮助的无赖！如此过了好些时日才凑齐了必需的荐信，锥脚是到手了，但麻烦还是没有完。因为先前荐信只嫌不够，现在来得又太多了，出门人回了家都有了回信，苔微士先生又忙着退信道谢，又白化了他不少的邮花！

锥脚上了身，又进齐了货，针，骨簪，鞋带，钮扣，我们的诗人又开始了一种新生活。但他初下乡的时候因为口袋里还剩几个先令，他就

不急急于做生意,倒是从容的玩赏初夏的风景:

　　第一晚到了圣亚尔明斯,我在镇上走了一转,就在野地里拿我那货包当枕头仰天躺下了。那晚的天上仿佛多出了不少星,拥护着,庆祝着一个美丽的亮月的成年。肢体虽则是倦了的,但为贪着这夜景又过了三两小时才睡。我想在这夏季里只要有足够的钱在经过的乡村里买东西吃,这还不是一种光荣的生活? 如此三四天我懒散着走着路, 站在沟渠上面看那水从黑暗冲决到光明;听野鸟的歌唱;或是眺望远处够高的一个尖顶,别的不见,指点著在千树林中隐伏着的一个僻静的乡村。

但等得他化完了带着的钱,打开货包来正想起手做生意,苔微士先生发见那包货,因为每晚用做枕头,不但受饱了潮湿,并且针头也钻破了包衣发了锈,鞋带也有皱有疲的,全失了样,都是不能卖的了! 他只能听天由命。他正快饿瘪的时候在路边遇见了一个穷途的同志,他,一个身高血旺的健全汉子,问得了他的窘况,安慰他说只要跟他一路走不愁没有饭吃。这位先生是有本事的。喝饱了啤酒,啃饱了面包,先到了一条长街的尾梢,他立定了脚步,对苔微士先生说,“看着,我就在这儿工作了。你只要跟在我后背检地上的钱,钱自会来的。”“你只管检铜子好了,只要小心不要给铜子检了去! ”他意思是只要小心巡警。这是他的法术:倦了背,摇着腿,嘎着嗓子,张着大口唱。唱完了果然街两边的人家都掷铜子给他们,但那位先生刚住口就伸直了身子向后跑,诗人也只得跟了跑——果然那转角上晃过了一位高大的“铜子”来!
　　在这一路上苔微士先生学得了不少的职业的秘密,但他流浪到了

徐志摩品诗

终期重复回到伦敦的时候，他出发时的计划还是没有实现，三个月产息的积蓄只够他短时期的安息，出书的梦想依旧是在虚无飘渺间。穷困的黑影还是紧紧的罩住他，凭他试那一个方向，他的道是没有一条通达的。但在这穷困的道上，他虽则检不到黄金，他却发见了不少人道的智慧，那不是黄金所能买，也不是仅有黄金的人们所能希冀。这里是他的观察：

　　家当全带在身上的人的最大的对头，是雨。日光有的时候他也不怎样在意，但在太阳西沈后他要是叫雨给带住了，他是应受哀怜的。他不是害怕受了潮湿在身体上发生什么病痛，如同他的有福分的同胞，但是他不喜欢那寒颤的味道，又是没有地方去取暖。这种尴尬的感觉逢空肚子更是加倍的难受。本来他御寒的唯一保卫就只是一个饱肚，只要肠胃不空他也不怎样介意风雨在他体肤上的侵袭。海上人看天边有否黑点，天文家看天上有否新光，这无家的苦人比他们更急急于看天上有否雨兆。为躲避未来的泛滥他托蔽于公共图书馆，那是唯一现成公开的去处；在这里空坐着呆对着一叶书，一个字也没有念着，本来他那有心想来念。如其他一时占不到一个空座，他就站在一张报纸的跟前施展那几乎不可能的站直了睡着的本领，因为只有如此才可以骗过馆里的人员以及别的体面人们，他们正等着想看那一张报纸。要能学到这一手先得经过多次不成功的尝试，呼吸疏了神，脑袋晃摇，或是身体向着报柜磕碰，都是可能的破绽；但等得工夫一到家，他就会站直在那里睡着，外表都明明是专心在看一段最有趣味的新闻。……往往他们没有得衣服换，因此时常可以见到两个人同时靠近在一个火的跟前，一个人烤着他的湿袜子。还有那个烤着他那僵干的面包……就在这下雨天我们看到只有在极穷的人们中间看得到的细小的恩情；一个自己只有一些的帮助那赤无所有的同胞。一个人在市街上攒到了十八个铜子回去，付了四个子的床费，买过了吃，不仅替另一个人付床钱，他还得另请一个人来分吃他的东西，结果把余下的一个铜子又照顾了一个人。一个人上天生意做得不错，就慷慨的这里给那里给直到他自己不留一个大。这样下来虽则你在早上只见些呆钝与着急的脸，但到了中午你可以看到大半数的寓客已经忙着弄东西吃，他们的床位也已经有了着落。种种的烦恼告了结束，他们有的吹，有的哼，也有彼此打着趣常开着口笑的。

这些细小的恩情是人道的连锁，他们使得一个人在极颓丧时感到安慰，在完全黑暗的中心不感到怕惧。但我们的诗人还是扪索不着他成名的运道。如其他在早上发见了一丝的希望，要不了天黑他就知道这无非又是一个不可充饥的画饼。他打听着了一个成名的文学家，比方说，他那奖掖后进的热心是有多人称道的，他当然不放过这机会，恭敬的备了信，把文稿送了去请求一看，但他得到唯一的回音是那位先生其实是太忙，没有余闲拜读他的大作，结果还是原封退回！这类泡影似的希冀连着来刻薄一个时运未济的天才。但苔微士先生是不知道绝望的。他依旧耐心的，不怨尤的守候着他的日子。

五

上面说的是他想在文学界里占一席地的经过的一个概况，现在我

147

们还得要知道苔微士先生怎样从健全变成残废,他回到英国以前的生活。因为要不为那次的意外他或许到如今都还不肯放弃他那逍遥的流浪生涯,依旧在密西西比或是落机山的一带的地域款留他的踪迹。非到了这一边走到了尽头,他才回头来尝试那一边的门径。他不是一个走半路的人。

他是生长在英国威尔斯的,他的母亲在他父亲死后就另嫁了人,他和他的两个弟妹都是他祖父母看养大的。他的家庭,除了他的祖父母,一个妹子,一个痴呆的弟弟,还有"一个女用人,一狗,一猫,一鹦鹉,一班鸠,一芙蓉雀。"他从小就是大力士,他的亲属十分期望他训练成一个职业的"打手"。所以每回他从学校里回来带着"一个出血的鼻子或是一只乌青的眼睛",他一家子就显出极大的高兴,起劲的指点他下回怎样报复他敌手的秘诀。在打架以外他又在学校里学到了一种非凡的本领——他和他的几个同学结合了一个有组织有计划的"扒儿手团"。他们专扒各式的店铺,最注意的当然是糖果铺。这勾当他们极顺利的实行了半年,但等得我们的小诗人和他的党羽叫巡警先生一把抓住颈根的日子,他挨了十二下重实的肉刑,他的祖父损失了十来镑的罚金。在他将近成年的时候他的二老先后死了,遗剩给他的有每星期十先令息金的产业。他已然做过厂工,学习过装制画框,但他不羁的天性再不容他局促在乡里间,新大陆,那黄金铺地的亚美利加,是他那时决定去施展身手的去处。到了美国,第一个朋友他交着的,是一个流浪的专家,从加拿大的北省到墨西哥的南部,从赫贞河流域到太平洋沿海,都是他遨游无碍的版图。第一个本领他学到的,是怎样白坐火车:最舒服是有空车坐,货车或牲口车也将就,最冒险是坐轨头前面的挡梗,车底有并行的铁条,在急的时候也可以蜷着坐,但最优游是坐车的顶蓬,这不但危险比较的少,而且管车人狠少敢上来干涉他们。跳车也不是容易,但为要逃命三十哩的速度有时都得拼着跳。过夜是不成问题的,美国多的是菁密的森林,在这里面生起一个火还不是天生的旅舍?有时在道上发见空屋子,他们就爬窗进去占领(他们不止一次占到的是出名的鬼屋!)。

"做了三年叫化子,连皇帝都不要做了"。但如其我们的乞丐要过三年才能认清此中的滋味,苔微士先生一到美国就狠聪明的选定了这绝对无职业的职业。在那时的美国饿死是几乎不可能的事,因为谁家没有富余的面包与牛乳,谁人不愿意帮助流浪的穷人?只要你开口,你就有饭吃,就有衣穿。不比在英国,为要一碗热汤吃,你先得鹄立多少时候才拿得到一张汤券, 还得鹄立多少时候才能拿那券换得一碗汤。那些汤是"用不着调匙的,吃过了也没有剔牙的愉快;就是这清清的一汪,没有一颗青豆,一瓣葱,或是一粒萝葡的影子;什么都没有,除了苍蝇"。他们叫化可纪录的一次是在鲍尔铁穆,那边的居民是心好的多,正如那边的女人是美的多。只要你"站定在大街上饱餐过往的秀色,你就相信上帝是从不曾亏待你的"。他们是三个人合作的,我们的诗人当然经验最浅。他的职司是拿着一个口袋在街角上等候运道,他的两个同志分头向街两边的人家"工作"去。他们不但是有求必应,而且连着吃了三家的晚饭;在不到一个钟头,不但苔微士先生提着的口袋已经装得泼满,就连他们身上特别博大的衣袋也都不留一些余地。这次讨饭的经验,我们的诗人说,是"不容易忘记的"。因为他们回得家清理盈余的时候,他们又惊又喜的发见不仅他们想要的东西应有尽有,而且给下来的没有一个纸包是仅仅放着面包与牛油。"煎熟的蛤蜊,火鸡,童子鸡,牛排,羊腿,火肉与香肠;爱尔兰白薯,甜山薯与香芋艿;黑面

149

包,白面包;油煎薄饼,各种的果糕,各式花样的蛋糕;香蕉,苹果,葡萄与橙子;外加一大堆的干果与一整袋的糖果"——这是他们讨得的六十几包的内容简单的清单。只有三家没有给的,但另有两家分付他们再去。

到了夏天他们当然去"长岛"的海滨去销夏。太阳光,凉风,柔软而和暖的海水,是不要钱也不须他们的募化。他们不是在软浪里拍浮,就在青荫下倦卧,要不然就踞坐在盘石上看潮。但如其他们的销夏计划是可羡慕,他们的销寒办法更显得独出心裁。美国北省的冬天是奇冷的,在小镇上又没有像在英国乡里似的现成的贫人院可以栖息或是小客寓里出四五个铜子可以买一席地。但如其这里没有别的公开寓所,这里的牢狱是现成的。在牢中的犯人不但有好饭吃而且有火可以取暖,并且除非你犯的是谋杀等罪,你有的是行动的自由,在"公共室"里你可以唱歌,可以谈天,可以打哈哈,可以打纸牌。苔微士先生的同志们都知道这些机关,他们只要想法子进牢狱去,这一冬天就不必担心衣食住的问题了。但监牢怎么进法?当然你得犯罪。但犯罪也有步骤,你得事前有接洽。你到了一个车站,你先得找到那地方的法警,他只要一见就明白你的来意,他是永远欢迎你的。你可以跟他讲价,先问他要一饼的板烟,再要几毛钱的酒资。你对他说你要多少日子,一个月或是两个月,这就算定规了。回头你只要到他那指定的酒店去喝酒玩儿,到了将近更深的时候乘着酒兴上街去唱几声或是什么,声音自然要放高一些。法警先生就会从黑暗里走过来,一把带住了你,就说"喂,伙计,怎么了?在夜深时闹街是扰乱平安,犯警章第几百几十条,你现在是犯人了。"到了法官那里,你见那法警先生在他的耳边嘱付了几句话,他就正颜的通知你说你确然是犯了罪,他现在判决你处七元或十五元的罚金,罚不出的话,就得到监牢里去一个月或两个月(如你事前和法警先生商定的)。从这晚上起你什么都有了,等到满期出来你还觉得要休养的话,你只须再跑几里路到另一个市镇里再"犯一次罪"。你犯了罪不但自己舒服,就连着守监狱的,法警先生,乃至堂上的法官,都一致感谢你的好意;因为看监牢的多一个犯人就多开一支报销,法警先生提到一名犯人照例有一元钱的奖金,法官先生判决一件犯罪也照例另得两元钱的报酬。谁都是便宜的,除了出租税的市民们,所有的公众机关都是他们维持的。但这类腐败而有幽默的情形,虽则在那时是极普通,运命是当然不久长的。

但苔微士先生有时也中止他的泊浮的生涯,有机会时也常常歇下来做几天或是几星期短期的工。乡里收获的时候,果子成熟的时候,或是某处有巨大的建筑工程的时候,我们的诗人就跟着其他流氓的同志投身工作去。工作满了期,口袋里盛满了钱,他们就去喝酒,非得喝瘪了才完事。他最后一次的职业是"牲口人",从美国护送牛羊到英国去。他在大西洋上往还不止一次,在这里他学得了不少航海的经验与牲畜受虐待的惨象,这些在他的诗里都留有不磨的印象。

在这五年内,危险是常有的,困难经过不少,但他的精神是永远活泼而愉快的。在贼徒与流丐们的中间他虚心的承受他的教育。在光明的田野间,在馥郁的森林中,在多风的河岸上,在纷呶的酒屋里,他的诗魂不踌躇的吸收它的健康的营养。他偶尔唯一的抱憾是他的生活太丰满,他的诗思太显屯积,但他没有余闲坐定下来从容的抒写。他最苦恼的一次是他在奥林斯得了一次热病。

我不知道为什么我不上火车,却反而向着乡里走去,这使我

151

再
读
徐
志
摩

十分的后悔。因为我没有力气走了，路旁有一大块的草沼，我就爬进去，在那里整整躺了三天三夜，再也支持不起来走路。这一带常见饿慌的野豕，有时离我近极了，但它们见我身体转动就呦吼着跑了开去。有几十只饿鹰栖息在我头顶的树枝上，我也知道这草地里多的是毒蛇。我口渴得苦极了，就喝那草沼的小潭里的死水，那是微菌的渊薮，它的颜色是天上的彩虹，这样的水往往一口就可以毒死人的。我发冷的时候，我爬到火热的阳光里去，躺着寒战；冷过了热上了身，我又蜒回到树荫下去。四天工夫一口没有得吃，到这里以前的几天也没有吃多少。我望得见火车在轨道上来去，但我没有力气喊。狠多车放回声，我知道它们在离我不到一哩路停下来装水或是上煤。明知在这恶毒的草沼里耽下去一定是死，我就想尽了法子爬到那路轨上，到了邻近一个车站，那里车子停的多。距离不满一哩路，但我费了两个多钟头才到。

他自以为是必死了，但他在医院里遇到一个同乡的大夫用心把他治好了。这样他在他理想中黄金铺地的新世界飘泊了五年，他来时身上带着十多镑钱，五年后回家时居然还掏得出三先令另几个辨士。但他还不死心于他的黄金梦，他第二次又渡过大西洋，这回到加拿大去试他的运道。正好，他的命运在那里等候着他。他到了加拿大当然照例还是白坐火车，但这一次他的车价可付大了！他跳车跳失了腿，车走得太快他踹了一个空，手还拉住车，给拖了一程，到地时他知道不对了，他的右脚给拉断了。经过了两次手术，锯了一条腿，在死的边沿停逗了好多天，苔微士先生虽则没有死，却从此变成了残废。他这才回还英国,放弃了他的黄金梦,开始他那(如上文叙述的)寻求文学机缘的努力。

六

这是苔微士先生从穷到通的一个概状。他的自传 (The Autobiography of a Super Tramp)不是一本忏悔录,因为他没有什么忏悔的。他是一个急性的人,所以想到怎么做就怎么做,谨慎的美德不是他的。在现代生活一致平凡而又枯索的日子念苔微士先生自传的一路书,我们感觉到不少"替代的"快乐,但单是为那个我们正不少千百本离奇的侦探案与耸动的探险谈。分别是在苔微士先生的不仅是身亲的经验,而且他写的虽则是非常的事实,他的写法却只是通体的简净,没有铺张,没有雕琢,完全没有矜夸的存心。最令我们发生感动的尤其是这一点:他写的虽多是下流的生活,黑暗,肮脏,苦恼的世界,乞儿与贼徒的世界,我们却只觉得作者态度的尊严与精神的健全。他的困穷与流离是自求的,我们只见他到处发见"人道的乳酪",融融的在苦恼的人间交流着。任凭他走到了绝望的边沿,在逼近真的(不是想像的)饿死与病死的俄顷,他的心胸只是坦然。他不怨人,亦不自艾。他从不咒诅他所处的社会,不嫉忌别人的福利,不自夸他独具的天才,不自伤他遭遇的屯邅,不怨恨他命运的不仁——他是一个安命的君子。他跌断了一只腿,永远成了残废,但他还只是随手的写来,萧伯讷先生说他写他自己的意外正如一只龙虾失了一根须或是一只蜥蜴落了他的尾过了阵子就会重长似的。不,他再不浪费笔墨来描写他自己的痛苦,在他住院时他最注意最萦念的是那

徐志摩品诗

边本地人对待一个不幸的流浪人的异常的恩情。

有了苔微士先生那样的心胸,才有苔微士先生那样的诗。他的诗是——但我们得等另一个机会来谈他的诗了。

载上海《新月》杂志第 1 期第 3 号(1928 年 5 月)

154

波特莱的散文诗

"**我**们谁不曾,在志愿奢大的期间,梦想过一种诗的散文的奇迹,音乐的却没有节奏与韵,敏锐而脆响,正足以迹象性灵的抒情的动荡,沉思的纤回的轮廓,以及天良的俄然的激发?"波特莱 Charles Baude-laire 一辈子话说得不多,至少我们所能听见的不多,但他说出口的没有一句是废话。他不说废话因为他不说出口除了在他的意识里长到成熟琢磨得剔透的一些。他的话可以说没有一句不是从心灵里新鲜剖摘出来的。像是仙国里的花,他那新鲜,那光泽与香味,是长留不散的。在十九世纪的文学史上,一个佛洛贝,一个华尔德裴特,一个波特莱,必得永远在后人的心里唤起一个沉郁,孤独,日夜在自剖的苦痛中求光亮者的意像——有如中古期的"圣士"们。但他们所追求的却不是虚玄的性理的真或超越的宗教的真。他们辛苦的对象是"性灵的抒情的动荡,沉思的纤回的轮廓,天良的俄然的激发"。本来人生深一义的意趣与价值远不是全得向我们深沉,幽玄的意识里去探检出来?全在我们精微的完全的知觉到每一分时带给我们的特异的震动,在我们生命的纤微上留下的不可错误的微妙的印痕;追摹那一些瞬息转变如同雾里的山水的消息,是艺人们,不论用的是那一种工具,最愉快亦最艰苦的工作。想像一支伊和灵弦琴(The Harp Aeolian)在松风中感受万籁的呼吸，同时也从自身灵敏的紧张上散放着不容模拟的妙音! 不易，真是不易，这想用一种在定义上不能完美的工具来传达那些微妙的，几于神秘的踪迹——这困难竟比是想捉捕水波上的磷星或是收集兰蕙的香息。果然要能成功，那还不是波特莱说的奇迹?

但可奇的是奇迹亦竟有会发见的时候。你去波特莱的掌握间看，他还不是捕得了星磷的清辉，采得了兰蕙的异息? 更可奇的是他给我们的是一种几于有实质的香与光。在他手掌间的事物，不论原来是如何的平凡，结果如同爱俪儿的歌里说的——

Suffer a sea-change

Into something beautiful and strange.

对穷苦表示同情不是平常的事，但有谁，除了波特莱，能造作这样神化的文句——

Avez-vous quel quefois apercu des veuves sur ces bancs solitaires,des veuves pauvres? Qu'elles soient en deuil ou non,il est facile de les reconnaitre.D'ailleurs il y a toujours dans le beuil du pauvre quelque chose qui manque,une absence d'harmonie qui le rend plus navrent.Il est contraint de lêsiner sur sa douleur.Le riche porte la sienne au grand complet.

"你有时不看到在冷静的街边坐着的寡妇们吗? 她们或是穿

156

着孝或是不，反正你一看就认识。况且就使她们是穿着孝，她们那穿法本身就有些不对劲，像少些什么似的，这神情使人看了更难受。她们在哀伤上也得省俭。有钱的孝也穿得是一样。"

"她们在哀伤上也得省俭。"——我们能想像更莹彻的同情，能想像更莹彻的文字吗？这是《恶之华》的作者；也是他，手拿小物玩具在巴黎市街上分给穷苦的孩子们，望着他们"偷偷的跑开去，像是猫，它咬着了你给他的一点儿非得跑远远再吃去，生怕你给了又要反悔"(The Poor Boy's Toy)。也是他——坐在舒适的咖啡店里见着的是站在街上望着店里的"穷人的眼"(Les Yeux des Pauvres)——一个四十来岁的男子，脸上显着疲乏长着灰色须的，一手拉着一个孩子，另一手抱着一个没有力气再走的小的——虽则在他身旁陪着说笑的一个脸上有粉口里有香的美妇人，她的意思是要他叫店伙赶开这些苦人儿，瞪着大白眼看人多讨厌！

Tant il est difficile de s'entendre, mon cher ange, et tant la pensée est in communicable même entre gens qui s'aiment.

他创造了一种新的战栗(A new thrill)，嚣俄说。在八十年前是新的，到今天还是新的。爱默深说，"一个时代的经验需要一种新的忏悔，这世界仿佛常在等候着它的诗人。"波特莱是十九世纪的忏悔者，正如卢骚是十八世纪的，丹德是中古期的。他们是真的"灵魂的探险者"，起点是他们自身的意识，终点是一个时代全人类的性灵的总和。譬如飓风，发端许只是一片木叶的颤动，他们的也不过是一次偶然的

157

心震,一些"bagatelles laborieuses"但结果——谁能指点到最后一个迸裂的浪花?自波特莱以来,更新的新鲜,不论在思想或文字上,当然是有过:麦雷先生(J.M.Murry)说普鲁斯德(Marcel Proust)是二十世纪的一个新感性,比方说,但每一种新鲜的发见只使我们更讶异的辨认我们伟大的"前驱者"与"探险者"当时踪迹的辽远。他们的界碑竟许还远在我们到现在仍然望不见的天的那一方站着哪,谁知道! 在每一颗新凝成的露珠里,星月存储着它们的光辉——我们怎么能不低头?

一月十九日

载上海《新月》杂志第 2 卷第 10 号(1929 年 12 月)